ジュニアハイスクールD×D 2
授業参観のアモン

東雲立風
原案・監修　石踏一榮

ファンタジア文庫

3453

口絵・本文イラスト　みやま零

目次

あたし、いつかお母さんを守れるぐらい強くなるよ。

Life.0

私は宮本絶花《みやもとぜっか》。駒王学園《くおうがくえん》の中等部二年生。
どこにでもいる平凡な中学生……ではない、たぶん。
なにせおっぱいが光ったり、おっぱいから刀が飛び出たりするのだ。
数々のトラブルに巻き込まれ、今ではおっぱいサムライなんて呼ばれることも。
そんな私は、これまで周りと違うことを恐れ、いつもひとりぼっちで生きてきた。
だけどこの学園に転校して、ついに初めての友達ができる。
未《いま》だにおっぱいは大嫌いだし、不器用な自身にうんざりもしたり。
でも沢山のヒトと出会ったことで、普通じゃない自分にも少しだけ自信を持てた。
——これからの夢は、皆ともっともっと楽しい青春を送ることだ。
『絶花ちゃん！』
すると新たな夢に応えるように、暗闇の中からアヴィ部長の声が聞こえてきた。
私にオカ剣という居場所をくれた恩人である。
『こっちだよー！』

姿が見えない彼女は、声だけで私を呼び寄せようとする。
そういえば、部長は恩人であるし、大事な仲間なのは間違いない。
――けれど、友達なのかと問われると不安が残る。
仲間と友達、恩人と友達、これらは似ているようで違うのだろうか？
『そんなことはどうでもいいじゃん！　とにかくこっちに来て！』
すると部長の声だけでなく、姿までもが浮かび上がってきた。
導かれるように彼女の下《もと》へ駆けていく――が途中で止まる。
「ど、どど、どうしたんですか、そのおっぱい！」
なんと、アヴィ部長のおっぱいが急成長を遂げていたのだ。
あの穏やかだった地平が、リアス先輩並に巨大になってしまっている。
『細かいことは気にしない！　成長期なんだよ！　それよりも――』
「これは重大なことです！　部長が爆乳なんておかしいです！」
そんなおっぱい絶対認めません！　悪魔だからって現実的にありえませんよ！
……現実的？　そういえば私は今どこにいる？　そもそもこの会話はなんなんだ？
「ち、違う――あなたは、アヴィ部長じゃない！」
明確な違和感。目の前にいるのは偽者《にせもの》や幻覚の類いだと気づく。

『——うふふ。やはり無理がありましたね』
部長の見た目をした何かが、不敵な笑みをこぼした。
『アナタの意識を連れ出すため、恩人だという彼女の姿を取らせていただきました』
そしてこれが真の姿だと、漆黒のドレスを着こなした爆乳美女に変身する。
「天、聖……？」
そんな彼女の左手には、彼にそっくりな刀が握られていて。
『いいえ。天聖が始まりを告げる剣だとすれば——これは終わりを告げる剣』
漆黒の美女は、おもむろに刀を地面に突き刺した。
すると暗闇が支配する世界が終わり、花々が咲き誇る世界へと切り替わる。
『ここは失われた楽園。ワタシが眠る場所』
その中心に立つこの人物は、楽園の主ということなのだろうか。
『ようやくの邂逅《かいこう》、ゆっくりとお喋《しゃべ》りしたいところですが時間がありません』
核心だけ伝えますと、彼女は真面目な目つきで口を開く。
『——剣士の本懐は、闘争にこそあり』
これは忠告である。少なくとも私の本能はそう受け取った。
『青春に興じることは良《い》い。しかしそれに甘んじて剣を鈍《なま》らせてはいけません』

私は私が剣士だと分かっている。彼女は一体なにが言いたいのか。
『強き剣は強き心に宿ります。アナタはまだ自らの弱さに向き合えていない』
意味深な忠告に眉をひそめるが、舞台に幕が下りるように花弁が舞い始める。
『大いなる敵が迫っています。今は天聖の言うことを信じおっぱいを求めなさい』
「おっぱいを、求める……あなたは、おっぱいの神様か何かですか？」
『おっぱいがアナタを強くする。おっぱいがアナタを進ませる──』
会話の時間切れを知らせるが如く、大量の花びらが私の視界を覆っていく。
『またお会いしましょう。武蔵《むさし》様の遺志を継ぐ少女よ』
「あ、あなたは、結局誰なんですか……！　おっぱいの神様じゃないなら……！」
『ワタシは終わりの剣、アナタを最強へと至らせる者──』
彼女は別れの挨拶のつもりか、あるいはそれ以上質問させないためか。
自らドレスの胸元を大胆にめくると、突然その爆乳おっぱいを私に見せてきて──
「な、生おっぱ……っぐは！」
『うふふ。サービスですわ』
混乱する脳裏、遠のく意識、それでも一つだけハッキリと言えることがある。
──どうやら私とおっぱいの物語は、まだまだ終わらないらしい。

Life.1　挑戦！　オカルト剣究部！

「オカルト剣究部！　正式発足――っ！」

開口一番、アヴィ部長の宣言が轟《とどろ》く。

「あたしたちの部がついに生徒会に認められたよ！」

オカ剣の活動場所である旧武道棟。

放課後にそこへ集まった私たち部員に、アヴィ部長が嬉《うれ》しそうに告げた。

「稀代《きたい》の騎士たるわたしがいるのです。当然と言えば当然の結果でしょう」

「自分で稀代の騎士とかふつー言います？　まぁ認可されたのは嬉しいっすよね」

自信過剰なリルベットを、シュベルトさんが苦笑しながらやじる。

これまでオカ剣は部員不足を主な理由に、公式の部と認められていなかった。

だけど学園祭や、リルベットとの決闘を乗り越え、ついに公認を摑《つか》み取《と》ったのである。

「……こ、こんなにすぐ、認められるとは思いませんでしたね」

審査はたった数日で終わった。生徒会の仕事が異様に早かったのだ。

「ホントそうだね――って、なんか絶花ちゃんやつれてない？　顔色悪いけど大丈夫？」

すると皆が私の方を覗《のぞ》き込むようにして見てくる。

「宮本さんまたトラブルっすか？　巻き込みは勘弁っすよ？」

「決めつけるのはやめなさい。絶花はおかしな夢を見て寝不足なだけだそうです」

クラスメイトであるリルベットには、既に心配されて理由を話していた。

「へぇ！　あの絶花ちゃんが寝不足になるなんて！　一体どんな夢なの⁉」

部長が興味深そうに尋ねてくる。言い方が妙に引っかかりますけどね。

「内容はほとんど覚えてないんですけど……知らない女の方《かた》が出てきて……」

「正体不明の女性！　オカルトな匂いがするね！　他に何か覚えてないの⁉」

「他に……そうだ、確かおっぱいが……おっぱいがとても大きい女性でした！」

おっぱい、その単語が出た途端、三人は揃《そろ》って溜息《ためいき》をつく。

「「「おっぱいの話はまた今度」」」

なんだいつも通りじゃん、と三人の心配と興味は霧散したようだ。

私がおっぱいに悩むのは今に始まった話ではない……分かってますけども！

「でも部員の不調を見過ごすのもね！　というわけでそんな絶花ちゃんに――」

アヴィ部長は私を元気づけようと、倉庫から巨大な段ボール箱を運んできた。

「テッテレー！　マジカル☆メイト！」

段ボール箱の中には、謎の魔法少女が描かれた、四角形の薄箱が敷き詰められていた。

「オカ剣が正式な部になったことで、ソーナさんからお祝いとして届いたんだよ！」

「完全バランス栄養食……最近流行のプロテインバーみたいなものっすかね？」

「シトリー家は医療事業をしていると聞きました。今回もその一環で作ったのでは？」

これを食べて元気になって、と部長は言いたいようだ。

食欲はそこまでないが、せっかくの好意を無下にはできない。

「じゃ、じゃあ、いただきます」

ただ食事で寝不足が解消できるとは思えないけど……。

しかし摩訶不思議《まかふしぎ》。食べてみるとすさまじいパワーが湧いてくるではないか。

寝不足の不調だって吹き飛んでしまう。これがマジカル食品の力なの☆⁉

「でも食べたことのない味ですね。美味《おい》しいですけど。……これって何味なんですか？」

もぐもぐと口を動かし、飲み込んでから部長に尋ねる。

「最果て島のヒュドラ味だってさ！」

私の手がピタッと止まる。邪毒蛇《ヒュドラ》って名前の通り毒を持っているんじゃ……。

「こっちは早摘みマンドレイク味、そっちには暗闇迷宮のキノコ味なんてのもあるね」

味の種類が豊富だと感心している部長。反対に私の額からは冷たい汗が流れてきた。

「ソーナさんにも絶花《ぜっか》ちゃんが喜んでたって伝えておくよ！」

満天笑顔のアヴィ部長は、遠慮なく食べてと、追加で他の味のものも渡してくる。

頂いた食べ物は残さない。それが私の信条だ。

だから……だから……いただきます……ッ！

「そんなに夢中で食べるなんて、絶花ちゃんよっぽど気に入ったんだね！」

「好き嫌いがないのは良いことです。わたしは謹んで遠慮させていただきますが」

「僕もちょっと。ゲテモ……じゃなくて、個性的な味すぎて苦手かもっす」

それから私だけ大量のマジカルパワーを蓄えると、オカ剣の活動が本格的に始まった。

「今日は発足初日ということで、オカ剣の新しい方針を立てよう！」

前回までは、部員を集めて正式な部になることだった。

それが達成された現在、当面の活動はどうするかという話である。

「オカ剣の最終目標は、みんなで最強の剣士を目指すこと！」

忘れてないよねと部長が問いかけ、まずはリルベットがそれに応える。

「表向きの活動は、曰《いわ》く付《つ》きの刀剣を調査研究することでしたね」

「その通り！　学園の部活動である以上それなりの成果を残さないと！」

ここで剣を振るだけなら、剣道部があればいいという話になってしまう。

「そこで皆に相談！　なにか良いアイディアはあるかな⁉」

旧武道棟に保管されている刀剣は、既に先生たちが研究済みであるという。

そうなると、まずは研究対象となる武器を探さなくてはいけないわけで——

「あ、閃《ひらめ》いたっす」

唐突にシュベルトさんが手を挙げた。

「宮本《みやもと》さんの神器《セイクリッド・ギア》、行方不明だっていう、もう一本の刀を捜すとかどうっすか？」

「……終聖《しゅうせい》、のことですか？」

「っす。研究ってのは、やっぱ身近な物事の方が長続きしますから」

先生曰く、私の神器『失楽園の双刀《エデンズ・デュアル》』は、本来なら天聖終聖の二刀から成る。

己の神器を知るため学園に来た身としては、むしろ進んでお願いしたいぐらいだ。

「わたしも賛成します。宝探しのようで面白そうではありませんか」

リルベットもお気に召したようで大きく胸を張る。またそんな胸を強調して……。

「よし！　これは絶花ちゃんのためにもなる！　シュベちゃんの案を採用しよう！」

アヴィ部長も即決、彼女の音頭《おんど》に二人も「おー！」と拳を上げてくれる。

「み、皆さん、ありがとうございます……！」

私は頭を下げた。優しく頼れる仲間がいることに感謝しかない。

「ふふ。礼を言うのは尚早ですよ。終聖が見つかると決まったわけではありません」

「そっすよー。他のお宝ばかりが見つかるって可能性もありますし」

「あ、そしたらどうしよ！　持って帰っていいのかな⁉　それとも寄贈とか⁉」

「チッチ、そこは適材適所、要らないお宝は欲しいヒトに売ってしまえばいいんすよ」

「「なるほど！」」

そしたら部費が増えてうんたらと盛り上がっている。

あ、あれ、皆さん、終聖のこと忘れて……お宝目当てになってませんよね⁉

「――表の活動はこれでよし！　あとは本命！　最強になるにはどうするかだよ！」

仲間への信頼に若干不安を抱きながらも、部長の本題へと耳を傾ける。

「オカ剣の裏の活動、強くなるということに関してですが――」

リルベットが口火を切り一つの提案をする。

「最優先すべきは個々人の能力を鍛えることだと考えます。共同で修練するのも大切ですが、わたしたちはまず、己自身の力に向き合った方が良《い》いのではないでしょうか？」

私は天聖の性格を含め、終聖の不在もあり、神器を制御しきれていない。

リルベットは邪龍《じゃりゅう》の呪いがあり、部長は悪魔の力を使い切れない現状だ。

「僕の場合は特にないっすね」

「シュベルトライテは根性に問題があります」

「ひどっ！　それ能力と関係ないっすよ！　一体どこを見て――」

「鍛錬で何度も手を抜いていたでしょう？　まさかわたしが見抜けないとでも？」

彼女の背後に怒りの蒼炎《そうえん》が見える。

シュベルトさんは逃げるように私の後ろに隠れた。盾にしないでください。

他の皆はどうかなとアヴィ部長が見回す。

「僕もリュネールさんに反対はしないっす。個人的な理由で申し訳ないんすけど、これから掛け持ちの生徒会が修羅場っぽくて。顔を出せる機会がちょい減るんすよね」

「なるほどねぇ。あと先生に聞いたけど、リルちゃんもこれから忙しいんだっけ？」

「ベネムネ教諭の伝手《つて》で、堕天使《グリゴリ》の研究施設に行きます。そこで神器と邪龍の呪いについて詳しく診《み》てもらうつもりです。部活への影響は最小にするよう努力しますが……」

彼女の場合、邪龍の呪いは命に大きく関わる事柄だ。

私のことより優先で、例の神器研究者、アザゼル先生に会ってもらうことになった。

「二人がこの状況だと……絶花ちゃんはどう？」

「ゼノヴィア先輩の紹介で、オカ研の方に、天聖とおっぱいのことを相談する予定です」

これは一日で終わる相談なので、私はすぐにオカ剣に復帰できると思う。

「……──分かった！」

部長が熟考の末に決断を下す。

「ひとまず今月一杯は自己研鑚《けんさん》期間でいこう！　皆それぞれでパワーアップしてから、改めて一緒に鍛錬をしていくって形にしたい！　どうかな⁉」

決《けつ》を取るように私たちに確認する。

「異論ありません。誰が一番強くなって帰ってくるか。燃える競争ですね」

「僕も右に同じく。根性についてはあんま期待しないでほしいっすけど」

「わ、私も、特に問題なしです……」

「ぶ、部長も、魔力を鍛えたりするんですか？」

これにてミーティングは決着。私たちは月末まで己と向き合うことになるのだった。

決めるべきことが決まり、弛緩《しかん》した空気で、私は何気なく彼女にそう尋ねた。

「まぁ、そうだねー……」

しかし部長の口調は、先ほどまでと違いどこか歯切れが悪い。

「アモン家の特性『盾』でしたか？　も、もし練習相手が必要なら付き合いますよっ？」

「うーん……」

なにか手伝えないかと申し出たか、部長は少し悩んでから苦笑いを浮かべた。

ま、まさか、私如《ごと》きでは相手として力不足とか……？　で、出しゃばりすぎたかも……。

「遅れて悪かったねぇ」

ひとまず謝ろうかと逡巡《しゅんじゅん》した時、先にベネムネ先生の謝罪が出入り口から響いた。

部長は先生に挨拶をしようと口を開け――たが、なぜかそのまま固まってしまう。

「――ここがオカルト剣究部なのですね」

ベネムネ先生の隣には、見慣れぬおっぱい……じゃなくて女性が立っていた。

胸元ざっくりのパンツスーツ姿で、サングラスで目元を隠している。

第一印象は、レッドカーペットを悠然と歩く一流女優といった感じ。

「すんごいエロい格好っすね。ジャケットの下ノーブラなんですかねあれ？」

「痴女でしょうか？　あれほどのおっぱいなら見せたくなる気持ちも分かりますが」

この二人なんて失礼なことを！　相手をおっぱいで判断とか絶対ダメでしょ！

「こ、こちらはだね……」

ベネムネ先生が引きつった表情で紹介をしようとして、女優さんが手でそれを制する。

サングラスを外す動作もかっこよく、露《あら》わになった瞳は切れ長で力強い。

「ご挨拶させていただきます。私はアモン家当主エドモンドの妻――アモン家執行名代《みょうだい》、シエスト・アモンと申します」

冷たさと厳しさを感じさせる端的な名乗り。しかし驚くべきはその家名である。

思わず私だけでなく、リルベットもシュベルトさんも部長へ視線が向く。

シエストさんは、一同の疑念を肯定するように続けて述べた。

「――アヴィの、母です」


―○●○―


「「「アヴィ部長のお母さん⁉」」」

衝撃的な発言に、私たちの驚きが重なる。

見た目だけなら二十代前半のお姉さんだが、悪魔は魔力で姿形を変えられると聞く。

「(……部長さんとあんま似てないっすね)」

私とリルベットだけに聞こえる声で、シュベルトさんがまたも失礼爆弾を落とす。

このギャルは恐れ知らずか……と思いつつ、納得もしてしまう。

出会った頃の部長に、少しだけお母さんのことを聞いたことがある。

そこで語られた人物像は、とても優しく温かさに溢《あふ》れた女性という印象だったが――

「(学園の授業参観にはやや早いでしょう。どうやら波乱の展開となりそうですね)」

リルベットがそう指摘するのは、部長とお母さんの間の空気が張り詰めているからだ。

シエストさんは、とても思い出話にあったヒトと同一人物と思えない。

「……なにをしに、学園に来たんですか？」

部長はお母さんのことを無視して、ベネムネ先生にそう訊《き》いた。

「冷静に聞くさね。アモン夫人は、グレモリー公から正式な訪問許可をもらって……」

先生が事情を説明しようとするが、母親たるシエストさんが待ったをかける。

「それは私の口から説明すべきことです——そして、結論から述べましょう」

キッとした鋭い目つきで部長を見据える。

「——アヴィ、あなたはアモン家の次期当主になりなさい」

驚天動地とはこのこと。私たちはもちろん部長も言葉を失う。

「これは決定事項です」

「な、なんで……！　あたしが次期当主……⁉」

有無を言わせずといった母の態度に、我に返った部長が身を乗り出す。

「アモン夫人、他の生徒たちには——」

「構いません。彼女たちもアヴィの関係者として聞く権利があります」

ただし口外を固く禁じる、そう彼女は前口上を置いて。

「本来のアモン家次期当主は、アヴィの兄であるヴェルティアでした。しかし彼は数日前、領地に侵入した英雄派を名乗る勢力と交戦——そして、消息を絶ちました」

オカ剣全員に緊張が走る。なにせ英雄派とは前回私たちも戦ったばかりだ。

「ヴェル兄……じゃなくて、ヴェルティアお兄様が英雄派と戦ったの？　アモン領で？」

「調査中のため確実なことは言えません。しかし次期当主である彼が不在なのは事実」

「じゃあ、あたしは、いなくなったお兄様の代わりってこと？」

「そう捉えてもらっても構いません」

「っ！」

部長が肩をふるわせ、拳を固く握りこんだ。

「あ、アモン家には、まだイオラヴァお兄様がいるでしょ！」

「次男のイオラヴァはヴァサーゴ家の婿。アモン家を半ば離れている身です」

アヴィ部長には二人の兄がいた。つまり三人兄妹《きょうだい》の末っ子だったのである。

そして御家的に、上の二人が頼れないとなると、言い方は悪いが消去法的に——

「……い、嫌だ！」

ピンクの髪が激しく横に揺れた。

「勝手だよ！　家のことなんてあたしには関係ない！」

「聞き分けなさい。あなたもアモンの名を冠する上級悪魔なのですから」

「でも……でも、ヴェルティアお兄様はまだ死んだって決まってない！」

「しかし生きているという保証もまたありません」

「っ！　それが親の言う台詞《せりふ》なの⁉」

親子のやりとりに、私たち他の部員は、呆然《ぼうぜん》と見守ることしかできない。

次期当主の急な話もそうだけど、ここまであからさまに不仲というのは……。

「あたしは、これから皆と、最強の剣士になるって決めたんだ！」

「まだそんな世迷《よま》い言《ごと》を？　あなたの剣はごっこ遊びにすぎません」

まさに切って捨てるような言い方だった。

「冥界に戻り、悪魔がなんたるかを学びなさい。これはあなたの親として――」

たまらずにアヴィ部長は叫んだ。

「――あ、あたしのお母さんは、あ、あなたじゃ、ない！」

あたりが、静まりかえってしまう。

娘の舌鋒《ぜっぽう》にシエストさんは沈黙した。ただただ重たい時が流れていく。

「……上級悪魔にも体裁がある。次期当主としては眷属《けんぞく》の一人もいなくてはいけません」

それから何事もなかったように、彼女は再び話を切り出した。

「……何が言いたいの？　あたしは帰らないよ？」

「あなたはいつまでも眷属を作らない。眷属ができれば多少は意識も変わるでしょう」

シエストさんは、切れ長の目を更に鋭いものにした。

「――――ッ！」

刹那、私はいつの間にか戦闘態勢になっていた。

強い存在の気配を感じ取り、意識よりも先に身体《からだ》が動いたのだ。

「ほう……」

シエストさんが僅かに感心したように私を見た。

「まだ荒削りですが戦の才がある。あなたは及第点といったところでしょうか」

それから数秒遅れてリルベットも気づき、警戒から左目の眼帯に手を添えていた。

シュベルトさんは私たちの様子を見て、察したように持っていた携帯を服に仕舞う。

「頃合いでしょう」

シエストさんが手を鳴らす。部長だけはまだ状況を呑《の》み込めていない。

敵が、来る――私がそう予感したと同時、旧武道棟の照明が一斉に消えた。

全ての窓がガタガタと震え、真冬のような冷たい風が吹き抜ける。

「――――お呼びでしょうか？」

シエストさんの呼び出しに答えるように、どこからか流暢《りゅうちょう》なアルトボイスが響く。

「上っ！」

私が見上げた瞬間、正解だとばかりに明かりが復活する。

「――なるほど。この程度の潜伏では見破られるんだね」

重力など知らないように天井に足をつけた存在――一人の黒服が悠然と佇《たたず》んでいる。

「異能の者だけの集まりと伺い、少しばかり試させていただいた」

その人物は洗練された動作で床へと着地、私たちに目線を合わせて名乗りを上げる。

「はじめまして、ボクはエルター・プルスラス」

よく見ると、その格好は執事服と呼ばれるもので、丁寧な挨拶も堂に入っている。

おそらく歳《とし》は私たちと同じくらい。誰が見ても絶世の美少年と言える男の子だった。

「プルスラスって……断絶した『番外の悪魔《エキストラ・デーモン》』だったはずだよね？」

アヴィ部長はその家名を聞いて眉をひそめる。

「恐れながら申し上げます。ボクはそのプルスラス家の生き残りなのです」

「生き残り？　そんな話は聞いたことな……というか、あたしに何か用なの？」

母親が呼んだ人物ということで、部長は彼を訝《いぶか》しげに見返す。

「ボクは、お嬢様の眷属となるべく馳《は》せ参じたのです」

美少年は台本を読み上げるように、真剣な表情のまま流麗にそう述べる。

「我が身、我が力は、全て次期当主たるあなた様のものです」

「じ、次期当主って……それに、あ、あたしの眷属!?」

彼はその問いを肯定するように、左手を胸に添えて恭《うやうや》しく礼をした。

「――アヴィ・アモン様、あなたがボクのご主人様です」


―○●○―


部長のお母さんの登場、お兄さんの行方不明、そして執事姿の美少年悪魔。

怒濤《どとう》の展開に混乱しそうだが、しかしシエストさんは結論を最初に出していた。

――アモン家の次期当主になりなさい、と。

つまり外堀を埋めるために、彼を部長の眷属候補として連れてきたのだ。

「アモン家とプルスラス家はかつての同胞。家柄能力ともに問題はありません」

「ど、同胞って！　一体いつの時代の話をし――」

「彼は悪魔の駒《イーヴィル・ピース》の中でも女王《クイーン》への適性が高い。まずは定石通りに女王《クイーン》を従えるべきです」

彼女の口ぶりは明朗にして毅然、もはや部長に口も挟ませない。

──待ってください！

そう言いたいけれど、私にはできなかった。

彼女は恩人だし同じ部の仲間……だけど、それだけである。

これは家族の問題で、自分なんかが立ち入ることはできないと感じたのだ。

「──いささか雅《みやび》さに欠ける話ですね」

しかし全員が黙するわけではなかった。リルベットは迷うことなく部長の傍《そば》に立つ。

「部長の母君、一連のこの話、さすがに性急かつ強引すぎるのではないでしょうか？」

言いたいことが言えないと臆した私に対して、遠慮なくガツンと言うのが彼女だった。

「他家の事情に口を出すことの無礼は承知。しかし貴公の言い分はあまりに一方的だ。アヴィ・アモンはあなたの娘であっても下僕ではない」

彼女も騎士爵を賜った人間、貴族の世界をよく理解してなお進言をしたのだ。

「悪魔の伝統は古くさいっすからねぇ。それに部長さんいないとまた部員不足ですから」

シュベルトさんも皮肉を忘れず、やれやれと部長の傍に立つ。

「キミたち──」

二人の不遜な行動に、悪魔執事エルター・プルスラスの目が冷たくなる。

しかし私が彼を遮るように立ち、静かなプレッシャーを空間に放つ。

「……できれば、死合いたくはありません」

口下手で小心者の自分だけど、戦うことならできると牽制《けんせい》に回ったのだ。

「……なるほど、やはりキミが噂《うわさ》のサムライというわけだ」

彼としばし睨《にら》み合《あ》うが、こちらが本気と悟って、相手は踏み出しかけたその足を退く。

「みんな……」

まさか味方してくれると思わなかったのか、部長がびっくりした様子で私たちを見た。

「申し訳ないねアモン夫人。ご覧の通りうちの部員は世間知らずばかりでね」

そこでタイミングを見計らったように先生が口を開いた。

「アタシとしても、これからのアヴィの成長を、もう少し傍で見ていたいと思ってるよ」

シエストさんはオカ剣の意思をぶつけられ、何か考え込むように瞑目《めいもく》している。

「アヴィ」

そしてゆっくりと目を開いて、娘に問いかける。

「あなたは、人間界にいたいのですか？」

「あたしは、皆と一緒にいたいよ」

答えを聞いたシエストさんは、消えそうなぐらいの小さな溜息《ためいき》をついた。

「——分かりました。それでは実力試験を行うことにします」

突然の提案に、今度はなんだと全員が首をかしげた。

「本当に人間界で成長をしているのか、ここにいる意味があるのかを、アヴィの実力から見定めます——生活態度、学業、悪魔の力など、それらを点数化し是非を問います」

御家事情的に、次期当主の有力候補は、一旦は部長のままだとはしつつ。

「もしも合格ラインを越えれば、このまま人間界に留まることを認めます。望むなら学園の高等部や大学部へ進学してもいい——ただし不合格となれば即刻冥界に帰還。一日でも早くアモン家の当主になれるよう、私が命じる学課だけをひたすらに励んでもらいます」

そうなれば部長の自由はないに等しい。勉強という名の拘束が延々と続くのだ。

「実力試験の試験官は——エルター・プルスラス、あなたにお願いします」

「承知しました。恐れながら試験期間は一週間程度と見ましたがいかがでしょう?」

シエストさんは問題ないと頷くと、最後に娘である部長を見据えた。

「アヴィ。私の試験を受けますか?」

試験と呼ぶけれどこれは勝負だ。部長が自由を勝ち取れるかどうかの戦いなんだ。

「受ける！　あたしはどんな時でも諦めない！」

彼女は拳を突き出す。迷うことのない決意だった。

シエストさんはそれを一瞥《いちべつ》すると、執事を連れて旧武道棟を後にする。

――まるで、こうなると最初から分かっていたような、それほど潔《いさぎよ》い去り際だった。

「ごめん！　あたしの問題に皆を巻き込んで！」

来訪者がいなくなると、部長は深く頭を下げて謝った。

「我々は志を同じくする者。あのまま言われたい放題を許したのでは騎士道に反する」

「今回はたまたま宮本《みやもと》さんでなく部長さんだっただけ。ま、協力するっすよ」

「そ、そんな私が問題児みたいな……で、でも、私もお手伝いします！」

なにせ私の青春はようやく始まったばかり。仲間のピンチは見逃せない。

「っ！　ありがとう！　本当にありがとう……！」

正式始動したオカルト剣究部、その第一歩はやはり普通とはいかない。

それから彼女は、いつものように勢いよく檄《げき》を飛ばす。

「実力試験、ぜったいぜったい合格するぞー！」

「「「おぉー！」」」

―○●○―

次の日の早朝、オカ剣メンバーは旧武道棟に集まっていた。

そこには私たちを呼び出した人物――執事姿のエルター・プルスラスがいる。

「本日より、試験官として、アヴィお嬢様の審査を担当させていただきます」

朝方に呼ばれたのは、試験開始前にちゃんとルール説明をしたいからだそうだ。

「お嬢様共々、ボクのことは気兼ねなくエルターとお呼びください」

よろしくと仏頂面《ぶっちょうづら》のまま挨拶される。全然よろしくされている感がない。

「で、できればお嬢様呼びはやめてほしいけど……もう知ってるだろうけど礼儀として、
あたしの名前はアヴィ！　好きな言葉は元気と根気とやる気！　よろしくねエル！」

しかしいきなり空気を悪くしても仕方ないと、まずは部長がつとめて明るく応じる。

「リルベット・D・リュネールです。よろしく頼まれましょうエルター・プルスラス」

「シュベルトライテでーす。しくよろっす試験官さん」

部長に倣《なら》うように皆も続くが、ほぼ初対面で、男の子が相手となると――

「み、みみ、宮本絶花《ぜっか》です。夜露死苦《よろしく》、エルター……くん？」

「出た！　宮本さんの凶悪スマイルっす！」

このギャルは昨日から失礼連発だね。これが私の全身全霊なんだよ。

オカ剣のやり取りに、エルターくんはクスリともせずに淡々と話を進めていく。

「それでは、試験概要についての資料を配付いたします」

渡されたのはプリントが分厚く束になったもので……。

「今回は、大きく二つの軸に則《のっと》って評価を行います――一つは学業や生活態度など『一般生徒』としての審査。二つ目は戦闘能力や悪魔業など『上級悪魔』としての審査です」

勉強や戦闘ができるかだけでなく、貴族らしく王の資質があるかも見られるらしい。

「こ、こんなに審査項目あるんすか……ざっと見た感じ百個以上ありません……？」

「それよりなぜ我々に見せるのです？　試験内容を事前に知らせる理由は？」

リルベットの言う通り、これでは学校のテストでいうところのカンニングだ。

「キミたちの質問に答えよう。まずこれだけ審査項目があると多少対策されても大きな問題にはならない。それから試験内容を知らせたのは後々のクレームを減らすためだよ」

彼はブラックボックスの試験にはしたくないのだと述べる。

「ボクはアヴィお嬢様の眷属《けんぞく》になるかもしれないんだ。なるべく遺恨は残したくない」

つまりこのヒトは、既に試験の後のことを見据えているのだ。

「ボクと仲良くしろとは言わない。こちらも不要に馴《な》れ合う気はない――けれども、試験官としてのエルターは信用してほしい。魔王ルシファー様に誓って、この試験でボクは公平かつ中立の立場を取ろう。もしこちらが不正をした場合はお嬢様の即合格で構わない」

ルシファー様とやらの偉大さはよく知らないが、他の皆は納得した様子だ。

「逆にキミたちはプリントに記載した不正行為をしなければ、いかなる手段を使ってもらってもいい。審査されるのはお嬢様だけだが部員間による協力も問題ない」

これはかなり大きな譲歩だが、それだけ自信があるということなのか。

「ちなみに、ボクも今日からこの学園の生徒――学年は中等部三年だ」

「「「学園の生徒⁉」」」

「もちろんクラスもお嬢様と一緒だよ」

つまり部長は試験期間中、ずっと彼が傍にいることに……って、ちょっと待った！

「す、すみません、エルターくんとか呼んでしまって、今後は先輩と呼んで――」

「態度は改めなくていい。変に先輩と頼られても困るからね。むしろお嬢様を除くキミたち三人とは、フラットな関係である方が望ましい――今後の可能性を考えると、ね」

年齢は気にせず気軽に接してくれと、なぜか逆にお願いされてしまう。

悩ましい……けど本人が強く希望してるし……でも今後の可能性っていうのは……。

「説明は以上。他に質問もないようだし――それでは、実力試験を始めよう」

それから一瞬エルターくんは姿を消すが、すぐに学園の制服を着て戻ってきた。

といっても執事風に改造された制服で、なにより驚くべきはそのすさまじい早着替え
……って、それもそのはず！　時計を見れば始業まで時間がない！

「あはは！　遅刻するほどじゃないけどね！　とりあえず教室に行こっか！」

普段もっとギリギリ登校な部長だ。余裕そうに靴を履こうとして——

「シューズの踵《かかと》を踏み潰しての着用、マイナス一〇点」

いきなりエルターくんの減点宣告が轟《とどろ》いた。

クリップボードに挟んだプリントに、ものすごい速さで書き込みをしている。

「も、もう減点⁉　こ、これはたまたま踏んだだけで……」

「シューズに踏み癖が確認できます。日常的にそのようにしていると判断しました」

「ぐ、ぐぬぬ……というか、そんなことがあたしの実力と関係あるのかな⁉」

「お嬢様、一流の悪魔にはあらゆる物事に完璧さが求められるのですよ」

確かに渡された資料にも靴についての記載が……は、反論できない！

しかしこの程度はまだ序の口。これから私たちは思い知ることになるのだ。

この試験が——いや、この試験官がどれだけ恐ろしい悪魔なのかを。


—○●○—

放課後にリルベットと部室へ向かうと、やけにゲッソリした部長の姿が見えた。

「絶花ちゃん！　リルちゃん！　待ってたよぉ！」

仲間がやってきてよほど嬉《うれ》しいのか、ゲッソリながらも声はとても喜ばしげだ。

「部員に対する元気な挨拶、プラス一〇点」

部屋の隅には、カキカキと生真面目に採点するエルターくんの姿がある。

「はぁ……教室から今まで、ずっとこれなんだよ……」

よほどストレスだったのか、たった数時間で疲労困憊《ひろうこんぱい》という様子だ。

私はこんな時のアレだと思い、マジカル☆メイトを急ぎ取りに行く。

「ど、どうぞ、これで元気になってください」

「ありがと！　でもごめん！　お腹《なか》はそんなに空いてないから！」

絶花ちゃんが食べていいよと、やんわり断られる。

このマジカル食品、なぜか私しか食べてないような……うん、クラーケン味おいしい。

「後輩の好意を上手《うま》く受け止めることプラス三〇点、ただし後輩に心配されるような状態を見せたことマイナス二五点――差し引きでプラス五点といったところ――」

何気ない日常の一コマでも、最後は彼の採点が締める。これは心理的に辛《つら》い……。

「試験官さん真面目っすねー。もはや監視の仕事してるみたいっす」

「ボクは試験官なんだ、当然目は光らせる。それに監視官なのはキミの方だろう？」

「どういう意味っすか？」

「オカ剣のことは昼までに改めて調査を実施した。生徒会役員のシュベルトライテさんは会長命令で宮本さんを監視している。リュネールさんは宮本さんと日常的に何か競争を。そして学園の問題の中心にはいつも宮本さんがいる――そういう調査結果が出たんだ」

　さすが部長のお母さんが連れてきただけあるのか。既にそこまで調べているとは。

「あの、でも、私はいつもいつもトラブルの渦中《かちゅう》にいるわけでは……」

「聞き込みをした九割以上の生徒が、キミを素行に問題アリと答えたデータがある」

　大多数のヒトがこの私を問題児扱い⁉　それ本当にここの生徒ですか⁉

「では部員も揃《そろ》ったようだし、これから部活動についても採点させてもらうよ」

　私が反論しないと見ると話を切り、ボクのことは気にせずにと活動の開始を促す。

「じゃ、じゃあ、ひとまず今日は――」

　今日は運良く四人揃っているということもあり、旧武道棟内で活動をすることになる。

　しかしこれが地獄だった。活動自体でなくエルターくんの採点が悪魔なのだ。

「――ふむ、本日の活動はこれで以上かな」

　彼は高級そうなペンを胸に挿し、クリップボードを脇に抱える。

「初日ということで少々お疲れかと思う。ボクは一足先に失礼させてもらうよ」

どうやら一応は私たちを気遣って、今日は早めに撤退をしてくれるらしい。

彼は丁寧にお辞儀をすると、颯爽《さっそう》とした足取りで去っていくのだった。

「な、なんなんすか、あいつはぁぁぁぁぁぁ――――ッ！」

シュベルトさんが爆発した。怒号なのか悲鳴なのか分からない絶叫を響かせる。

「途中からあの試験官、僕のことを見て何度も『キミは真剣に励んでいる感を出すのが上手だね』とか『向上心や行動力の項目で既に赤点かな』とか、後ろでチクチクと――くぅぅ、言い返せないから余計にムカつくっす！　つかよく考えると僕っ子かぶりですし！」

シビアな指摘をもらったことに加え、キャラが被ってどうこうとギャルは憤っている。

「腹立たしいのはわたしとて同じです！　あの男はこの誉れ高き騎士に『キミの所作は美しいが技のネーミングセンスは最悪』『邪龍眼流・聖十字裂覇《ダーク・ドラゴニック・セイント・クロスファイア》？　邪《じゃ》なのか聖なのか曖昧。実戦でその長い技名を叫ぶの？』など、わたしの美学を一片とて理解していない！」

リルベットは厨二《ちゅうに》センスを揶揄《やゆ》されてご立腹。額に十字形の怒りマークが浮いている。

「二人はまだいいよ。絶花ちゃんなんて、もはや言葉を発する気力もないんだから」

彼による私の評価は、嵐しか呼ばない暴走爆裂おっぱいサムライだそうです。

ふ、ふふふ、私は不器用なダメ人間ですから……ふふふふ……。

「なんか宮本《みやもと》さんのところだけ白黒漫画みたいになってるっす」

「もはや怒りを通りこして虚無状態のようですね」

「ほら絶花ちゃん！　マジカル☆メイト食べて元気出して！」

モグモグ……これは虫食いドラゴンアップル味……大当たりだ！

マジカルパワーで元気いっぱいに。となれば今からやることは——

「「「作戦会議！」」」

私たちは互いの頭を限界まで突き合わせ、万が一にも会話が外に漏れないようにする。

「ごめん。あたしの考えが甘かった——エルは、手強《てごわ》い！」

「あの厳しさでは無理ないっすよ。少しは僕の雑な仕事ぶりを見習ってほしいっす」

「彼が不正を働いている様子もありません。採点の仕方も正確にして公平でした」

「こ、このままだと、アヴィ部長が不合格に……」

この試験は、もはやリアス先輩くらい完璧でないと通過できないだろう。

「エルは不正行為をしなければ問題ない、部員の協力も許されるって言ってた」

部長の目に炎が宿る。いいや散々こき下ろされた他のメンバーも燃えていた。

「我らはオカルト剣究部！　あの巨大節穴男に目に物を見せてやらなくては！」

「もち賛成っす！　あらゆる手を使って点を稼ぎまくってやるっすよ！」

「わ、私も、できる限りで協力します……！」

ただでやられるオカ剣ではない。私たちはどんな勝負だって諦めないのだ。

「ありがとう皆！　それで何か良い策《い》はある⁉　あたしはまだないっ！」

ピンクの瞳がぐるっと一同を巡《めぐ》る、大抵こういう場合に声を上げるのは——

「……ふっふっふ、このシュベルトライテに妙案がありますよ」

やはり！　よ、天才ギャルキューレ！

「ヤツの徹底した仕事ぶりを見ると、審査項目も審査方法も今更変わりません——だけど採点をする人物、彼の心だけは変わる可能性があるっす」

こ、心？　つまりどうしようというわけで？

「簡単です——懐柔してしまえばいいんですよ！」

彼女は勢いそのままに説明を続ける。

「皆さんも誰かに親切にされたら、自分もそのヒトに対して親切にしようと思いませんか？」

思う。よほどの天邪鬼《あまのじゃく》でなければそうするはずだ。

「難しい言い方をすると返報性の原理。試験官である彼にだって感情があるっす。僕たちは彼に敵対するのでなく、ごりっごりに親切にすることで見返りを期待するわけですよ」

シュベルトさんの畳みかけるような提案に、リルベットも追随する。

「ヒトを動かすのは恐怖か利益、かのフランス皇帝もそう言っていましたね。しかし彼を脅しても試験のプラスにならない。ならばこそ親切——利を与える策は悪くない」

「っす！　これで相手の気の緩みを狙います。それは無意識に採点へと影響していく。それにもしかしたら親切にする過程で、彼の弱点や欠点が見えてくる可能性もあるっす」

完全無欠に見えるエルターくんの弱味、それが分かれば大局が動くだろう。

「シュベちゃん。親切にするって具体的にどうするの？　ただ優しくするだけ？」

「せっかくなら——接待、とかどうでしょう？　例えば学園案内という体《てい》とかで」

「編入したばかりだもんね。学園を紹介しながらエルを楽しませればいいわけだ！」

そうすれば彼の弱味を探りながら、採点自体も段々と軟化していくということである。

「もち常識的に許される範囲でやります——どうっすかねこの策は？」

一同異存なしである。

「ただ相手が相手、ひとまず明日一杯を使って接待の内容を詰めます。僕がいない間は主に部長さんとリュネールさんでつないでください」

「あ。絶花《ぜっか》ちゃんは明日、ゼノヴィア先輩の紹介で神器《セイクリッド・ギア》の相談に行くんだっけ？」

「す、すみません、タイミングが悪くて……」

「気に病まないでください絶花。今は自己研鑽《けんさん》の時期です。それに接待とやらの本番は明後日《あさって》なのでしょう？　その時こそがあなたの力を発揮する時です」

ピンチの時こそチームワークを発揮する、それもまたオカ剣だ。

「よぉし！　エルに学園を思いっきり楽しませてやろう！」

「「はいっ！」」


—○●○—


翌日、私は駒王学園《くおうがくえん》高等部にやってきた。

目の前には旧校舎——オカルト研究部の部室がある建物がそびえている。

「初対面だけど……緊張しないように……おっぱいが二つに四つに……」

意を決して旧校舎の扉をノックすると、ゆっくりと扉が開けられて——

「ごきげんよう。お待ちしていましたわ」

大和撫子《やまとなでしこ》を体現したような、黒髪ポニーテールのお姉さんが現れた。

その柔和な笑みは……笑みはって……な、なんですこの特大おっぱいは⁉

私にとって、それはもはや乳爆弾どころの騒ぎではなかった。

喩《たと》えるなら戦車！　人型の爆乳装甲戦闘車両である！　やめて撃たないで！

「あ、あの……わた、私はですね……中等部二年の、宮本おっぱいでして、その……」

目前のおっぱいに圧倒されて、練習してきた挨拶も震えて出てこない。

『──ようやくっ！　オレのっ！　出番がっ！　来たようだなっ！』

はっとして我に返る。私の輝くおっぱいから聞こえるこの声は……！

『おっぱいあるところにオレがいる！』

彼は谷間から勢いよく空へ飛び出すと、クルクルと回って右手にすっぽりと着地した。

「あらあら」

ドン引きの光景だが、和美人なお姉さんはそれを楽しげに見つめている。

「うふふ。とっても元気ですわね。あなたが天聖さんなのかしら？」

『オレが……いえ、ワタシが天聖であります、はい』

いつもとしゃべり方違うし！　すさまじいおっぱいを前にぶりっ子してるよ！

「お二人ともはじめまして。私、姫島朱乃《ひめじまあけの》と申します。以後お見知りおきを」

高等部の三年生、リアス先輩の眷属《けんぞく》で女王《クィーン》であると、丁寧に自己紹介してくれる。

『絶花くん、キミも名乗りたまえ、礼儀は大事だぞ』

シャツが破けておっぱいが丸出し、格好的に礼儀も何もあったものではないが……。

「わ、私は、宮本絶花と申しましゅ！」

っく、くぅ……ほら、天聖が焦《あせ》らせるから噛《か》んじゃったよ！

ごめんなさいゼノヴィア先輩、私は直後輩《じきこうはい》にあるまじき小心不埒者《ふらちもの》です。

「ゼノヴィアちゃんからお話は聞いていますわ。さぁ、どうぞ中へ――」

そんな私の失態にも彼女はニコニコとして、おおらかに受け入れてくれるのだった。


木造二階建の旧校舎、階段を上がってから奥まで進む。

すると『オカルト研究部』とプレートのかけられた戸がある。

「お、お邪魔します……」

先導する姫島先輩に招かれ、オカ研の部室へと足を踏み入れた。

かつては教室だったのだろう空間には、中央に巨大な魔方陣、四方上下には面妖な文字がびっしりと刻まれている……まさにオカルト！

誰もいないのは、悪魔の地位が変わるという、昇格試験の準備期間だからと聞く。

「――どうぞ」

促されてソファーで待っていると、姫島先輩がお茶を入れてきてくれた。

「し、しかも天聖の分まで……！　す、すみません、気を遣っていただいて……！」

自分の不手際《ふてぎわ》を恥じながら、天聖の無礼もあり、頭を精一杯に下げる。

……あ、そうだ、それに今日のことのお礼も言わなくては！

「こ、今回は相談に乗っていただけるということで、本当に感謝しています。今週末に冥界で昇格試験があるとは伺っています、大事な時期に時間を割いていただき、その――」

しかし感謝を伝えたいと必死になるほど、自分の不器用さが浮き彫りになってしまう。

長くて文法も滅茶苦茶《めちゃくちゃ》――でも姫島先輩は、それを最後まで真剣に聞いてくれた。

「……うふふ。部長たちが目を掛ける理由が分かりますわ」

私の長文駄文口上が終わると、彼女は静かにティーカップに口をつけた。

「あなたの気持ちは十分伝わりましたわ。だからそんなに緊張なさらないで」

彼女は私を安心させるように柔らかく微笑《ほほえ》んだ。

「後輩の面倒を見るのも先輩の務めです。昇格試験についても全く問題ありませんわ」

「姫島先輩……」

「朱乃で構いませんわ。それとも部長は名前でよくて私はダメなのかしら？」

ぐっと前のめりで、どこか艶っぽい口調でそんなお願いをされる。

「い、いえ！　喜んで朱乃先輩と呼ばせていただきます！」

「ええ。これからよろしくお願いしますね、絶花ちゃん」

少しエッチな雰囲気はあるけれど、とても優しそうなヒトで良かった。ゼノヴィア先輩は「朱乃副部長は時々ちょっと怖いぞ」なんて言っていたが脅しだったらしい。

「——ということで、お着替えしましょうか」

「え？」

「今から絶花ちゃんの力を視《み》ますわ。その儀式では正装であることがふさわしいのです」

ニコニコとした表情のまま、朱乃先輩がさらりとそう言う。

「うふふ、楽しみですわね……」

先輩は一瞬ぞっとするほど妖艶《ようえん》な、どこかサディスティックな目をして……。

ゼノヴィア先輩の脅しは間違ってなかったのかもと、今更になって息を呑《の》む私だった。


「——お似合いですよ」

着付けをしてくれた朱乃先輩が、満足げに熱い視線を送ってくる。

「な、なんで、巫女《みこ》服なんでしょうか……？」

私は赤と白の衣に身を包んでいた。本当になんで？

「スピリチュアルな儀式には様々な正装があります。私たちなら巫女服が最適ですわ」

それは二人とも日本生まれだからという意味だろうか。

実際、私だけでなく朱乃先輩も巫女姿になっている。本当の本当になんで？

「ここまで様になっていると、私のお古なのが申し訳なくなりますわね」

ただし身長と……胸のサイズは合わなかったので、魔力によって調整されている。

「こうして並ぶと、自分がまだ駆け出しだった頃を思い出しますわ」

よしよしと撫《な》でられる。あの……ちゃんと儀式が目的の着替えなんですよね……？

「では、そろそろ本題に。今回の相談内容ですが、天聖さんのことでしたわね？」

私は頷《うなず》く。彼女も出会い頭に見ただろうが、天聖はかなり自分勝手な言動を取る。

つまりそれは——私が神器を制御できていない、ということなのだ。

「まず神器そのものについては、やはりアザゼル先生に診《み》てもらうのが一番ですわ」

「で、ですよね……うちの顧問からも『失楽園の双刀《エデンズ・デュアル》』は特殊すぎるって……」

「ええ。もし私に助力できることがあるとすれば、能力を安定化させることですね」

「安定化……さっきみたいな天聖の暴走を、抑制できるってことですか……⁉」

神器について不明なことも多いが、コントロールしやすくなるのなら大進歩だ。

「実は我が部でも、似た事案が過去にあったんです。部員の一人にドラゴンの力が過剰に流れてしまっていたのですけれど、私などがその力を散らすことで沈静化を図りました」

余力を吸い出して対処した。高位の悪魔にはそういう力もあるのだとか。

「今回は粘膜接触による方法でなく、より純粋な儀式としてこれを執り行います」

私たちは部室中央の魔方陣へ移動。先輩は右手を私の胸元に置いて詠唱を始めた。

すると教室が魔力で輝き、雷鳴とスパークが奔《はし》る。

「――慌てないでください――私の魔力があなたを害することはありませんから――」

悪魔に詳しくない自分でもオーラで理解できる。彼女の実力は本物だと。

巫女服になったのは遊びではない。正真正銘の儀式なのだと今になって痛感する。

「これは……」

儀式はおよそ二〇分ほど続いたが――朱乃先輩が眼《め》を細め手を離す。

「残念ながら、私の力では何ともできないようです」

彼女は申し訳なさそうに目を伏せた。

「お話に聞いていた乳気《にゅうエナジー》は確かに胸に蓄積されています――それも非常に莫大《ばくだい》な量が。

しかしこれは魔力とも霊力とも呼べない、未知のエネルギーのようですわ」

「未知の、エネルギー……」

「件《くだん》の彼の場合、原因がドラゴンの力と判明していましたし、私と同じ悪魔であることもあり、対処のしようがありましたが……これはアプローチの仕方自体から考えませんと」

魔力はイメージによって発揮される力。

イメージすらできない私の力は、現状どうすることもできないという。

「私の力ではその存在を知覚するのが精一杯――しかし間違いなく言えることは、絶花《ぜっか》ちゃんの神器《セイクリッド・ギア》と乳気は固く結びついています」

「と、ということは、おっぱいが小さくなれば、天聖も大人しくなったり……？」

「おそらくは。神器の能力もより制御しやすくなるはずです」

先輩は成果なしと口惜《くや》しそうだが、小さな糸口が見えただけでも大きな収穫だ。

「っ！　先輩！　何かおっぱいが小さくなる方法を知りませんか！」

私は天聖のことだけでなく、外見としても巨乳であることが積年の悩みなのである。

「……一人、胸を小さくできるかもしれない人物に、心当たりがありますわ」

私があまりに真剣だったからか、朱乃先輩は少し悩んでから慎重に開口する。

「彼女は仙術という力の使い手。ただ完全にこちらの味方というわけでもない」

札付きのプロフェッショナルということだろうか。それでも構いませんと私は強く頷く。

「――分かりました。私から彼女に相談を試みてみます。そもそも話を聞いてくれるかも定かではありませんが、もしかしたら絶花ちゃんの力になってくれるかもしれません」

先輩はまだ望みはあると言ってくれる。私はひたすらに感謝するしかない。

「うふふ。頭を下げすぎですよ。それから、よろしければ巫女服は差し上げます」

「え、そんな、申し訳ないです！」

「せっかくサイズも合わせましたし、なによりとても似合っていましたから」

友好の印として譲ってくれるそうだ。きっと制服が破れてしまっていることも配慮してくれたのだろう。最後まで面倒を見られっぱなしだな、私……。

それから少しだけ雑談もして、これにて今日の相談はお開きという流れになる。

「——失礼いたします」

しかしここで突然の来訪者。もしかして部員の方が戻って来てしまったのだろうか。

「グレイフィア様……⁉」

朱乃先輩が珍しく驚いた声を出す。

グレイフィアと呼ばれた女性は、銀髪でメイド服を着た大変な美人である。

しかし私はその美しさよりも——彼女の持つ、尋常ならざる強さに息を呑《の》んだ。

「私はグレイフィア。グレモリー家に仕えるメイドでございます」

彼女はこちらの警戒心を知ってか、身構える必要はないと挨拶をしてくれる。

「宮本《みやもと》絶花様ですね？　本日はあなたにお話があって伺ったのです」

「わ、私に、話、ですか……？」

「はい。中等部のとある生徒について。宮本様もご存じであろう人物——」

彼女は静かにその名を告げた。

「エルター・プルスラスという、悪魔についてです」

―○●○―


グレイフィアさんはまずはと改めてお辞儀をする。

「彼の話をする前に、グレモリー家当主ジオティクス様より言付けがございます」

リアス先輩のお父さん？　学園のお偉いさんだったよね？　退学とか嫌ですよ？

「あなたのお母様――宮本百代《ももよ》様には、日頃より研究のデータを提供していただいているそうで。その感謝の意をご息女にも伝えてほしいとのことでした」

「よかった退学じゃない……って、そうなんですか……それは恐縮です……」

お母さんは学者をしていて、ずっと世界中を飛び回っている。

まさかリアス先輩のお父さんと繋《つな》がりがあるとは、不思議な縁もあるものだ。

「あ、ということは、私の急な転校手続きも……」

「宮本百代様からジオティクス様へ、個人的な相談があったと伺っております」

「やっぱり……なら私こそお礼を言いたいです、ありがとうございました」

出会った頃のリアス先輩が、もしかするとと言っていたのは、これだったのだろう。

「それでは私の話を――宮本様は、エルター・プルスラスのことをご存じかと思います」

「は、はい……存じすぎるところです……」

なにせエルターくんにより、オカ剣は一度ズタボロにメンタルブレイクさせられたのだ。

「彼は正規の手順で学園に来ました。しかしその経歴に私は疑念を抱いております」

「疑念……？」

「ええ。今回はアモン家の御家事情や、魔王ファルビウム・アスモデウス様のご意向もあり、彼の編入審査は簡潔かつ迅速に行われました。ゆえに――」

「……見落としがある、彼には何か隠し事がある、ということですか？」

理解が早くて素晴らしい、と彼女は褒めてくれる。

「プルスラスは『番外の悪魔』に数えられた強力な悪魔ですわ。ただ血筋は絶えて――」

「朱乃《あけの》様の仰《おっしゃ》る通りです。昇格試験にも断絶した御家として出題されるでしょう」

グレイフィアさんは目つきをやや鋭くする。

「今になって突然プルスラスを名乗る悪魔が現れた。学園運営側に立つ悪魔としては、彼に対し警戒の念を抱かないわけにはいきません」

そこで、と彼女は私に告げる。

「宮本様に連絡係――言うなれば密偵をお願いしたいのです」

れ、連絡係？　なんだか小学校でありそうな係だけど……。

「エルター・プルスラスがいるオカ剣で、現状もっとも信用できるのが宮本様です」

説明によると、シュベルトさんは北欧勢力であるし、リルベットは元英雄派、アヴィ部長は御家事情でゴタゴタと……立場や背景などから、現在フリーの私が選ばれたらしい。

「積極的に何かをしていただくことはありません。ただ彼が不審な動きを見せた際に、私へと一報を入れていただきたいのです。こちらで迅速に対応をいたします」

もちろん対価はお支払いしますと、なにやら金銭的なものを出しそうな雰囲気で――

「た、対価は結構です！　というかもう十分というか……転校手続きの件もありましたし、おっぱいドラゴンのオマージュを許してもらったりとか。リアス先輩……グレモリー家の皆さんにはいつもお世話になってますから！」

今回の朱乃先輩だって、後輩だからと無償で相談に乗ってくれた。

リアス先輩やゼノヴィア先輩にも、これまで対価を迫られたことなど一度だってない。

「承知しました」

私が頑張ってそう伝えると、グレイフィアさんは伸ばした手を引っ込めてくれる。

「あの、エルターくんが不審だったら連絡、迅速対応とのことですけど……」

私はそれよりもと、受領した連絡係のことで質問をする。

「――もしも、敵となったら、どうすればいいですか？」

彼が不審どころか敵となり、即戦闘となった時でも、彼女は助けてくれるのか。

「……すぐにその考えに至る。さすが総司《そうじ》さんと同じ、武士の末裔《まつえい》なのでしょうね」

正確には昨朝から考えていたことだ。今後の可能性――彼のその発言から敵対の未来があることは予感していた。フラットな関係を望んだのも本気で死合うためなのだろう。

「悪魔のことは悪魔が片を付ける――可能ならば、私の到着を待っていただきたいです」

「や、やっぱり一番はそうですよね。ち、ちなみに連絡方法はどうすれば？」

「魔力を介した通信であれば、基本的にいつでも応答ができますが……」

「わ、私は、魔力とか魔法とか、よく分からないです」

そんなオカルトなことできません。オカ剣所属で今は巫女《みこ》服なんて着てるけど。

「携帯電話でも構いませんが、こちらは魔力での通信ほど万全ではありません」

人間界と冥界では世界が違うのだから、当たり前の話だと納得できる。

「そ、そうなると、グレイフィアさんが現場に着く時間は……」

「運が良くて数分。現実的には数十分から数時間かかる見込みです」

無理だ。エルターくんは強い。何時間も時間を稼ぎながら戦えるような相手ではない。

かといって、自分から率先して彼を討ち取りたいというのも……。

「——あ」

ここで床に描かれた大きな魔方陣を見て閃《ひらめ》く。

「朱乃先輩。そういえばオカ研の皆さんは普段チラシを配ってるって……」

「チラシ……もしかして簡易型魔方陣のことでしょうか？」

彼女は引き出しから一枚の紙を出す。

そこには魔方陣と共に『あなたの願いを叶《かな》えます！』という謳《うた》い文句《もんく》が書かれている。

「これは私たちグレモリー眷属《けんぞく》を召喚する魔方陣です。呼び出した召喚者と契約を結ぶことで、私たちはその願いを叶え、代わりに対価を頂いています」

昔は立派な儀式をしていたそうだが、これが現代の悪魔召喚法というわけらしい。

ゼノヴィア先輩も、よくこれで召喚されて悪魔のお仕事をしているとか。

「こ、これで、いけませんかね……？」

私はおずおずと視線を二人に移すが、伝わってないのか彼女らは不思議そうな表情だ。

「つまり、この簡易魔方陣なら、速攻でグレイフィアさんを呼べるかなー……って」

通信が云々《うんぬん》、駆けつけるまで云々、そういう面倒ごとを一気に片付けられる。

我ながら名案だと思ったが、二人は信じられないという顔で固まっていた。

「それは」

麗《うるわ》しい銀髪がほんの僅かに震えている。

「それはつまり――私個人を、このグレイフィア・ルキフグスを、宮本様の契約悪魔として召喚したい、ということでしょうか？」

その通りですと頷《うなず》く。すると更に驚愕《きょうがく》される。何かまずいことを言っただろうか。

「ぜ、絶花ちゃん、その、どこから話すべきかしら……」

朱乃先輩がやや慌てた様子で、グレイフィアさんのことを説明しようとする。

しかし戦いには最善の備えをすべし、それはご先祖様の時代から変わらないことだ。

「そもそもグレイフィア様は、魔王であるサーゼクス・ルシファー様の――」

これしかないのではと定めた私を前に、朱乃先輩を制したのはグレイフィアさんだった。

「――ふふ」

グレイフィアさんが、初めて笑った。

「果たしていつぶりでしょう。こんな面と向かって私と契約をしたいと言う人間は」

そ、そうですか？　こんな綺麗《きれい》なお姉さんだし、契約したいヒトも多いのでは？

「覚悟は、ございますか――？」

命は懸けられるのか、大袈裟《おおげさ》でなくそう聞かれていると直感する。

「覚悟があるかは……正直、分かりません」

だって、いつまで生きていつ死ぬかなんて、本当のところは神様以外は知らないのだ。

自分の命を使う時がくれば躊躇《ちゅうちょ》なく使う、それだけのことだろう。

「私は剣士です。今この時を全力で戦います」

だから学園に来た。だからオカ剣に入った。だから皆と一緒に青春したいと思った。

どんな強敵が現れようと、私は武士の末裔らしく真っ直《まっす》ぐに刃を振ろう。

「――よろしい」

言葉足らずに思えた私の返答だが、グレイフィアさんは満足げに頷いた。

「いかなる立場であろうと私も悪魔。契約を乞《こ》われ無下に断る謂《い》われはありません」

「ぐ、グレイフィア様……!?」

朱乃先輩が今日一びっくりした調子の声を上げる。

「元々はこちらから密偵のお願いをした身でもあります。しかし今回のこと以外でも必要があれば召喚なさい。このグレイフィア・ルキフグスが馳《は》せ参《さん》じましょう」

彼女は胸元から、金属製らしい名刺ぐらいのプレートを取り出す。

その美しい銀色の表面には、紅色をした魔方陣が輝いている。

「……それでは。本日はこれにて失礼させていただきます」

私がそれを受け取ると、グレイフィアさんが態度を改め慇懃《いんぎん》にお辞儀をする。

「朱乃様を始め、オカルト研究部の皆様の試験合格を、心よりお祈りしています」

そして、と彼女は私を見て微笑《ほほえ》む。

「──宮本《みやもと》様、ご要望とあらばいつでもお呼びください」


─○●○─


朱乃先輩との相談を終え、私はひっそりと中等部の旧武道棟へ向かっていた。

「ずいぶん遅い時間になったし、ほとんど生徒はいないと思うけど……」

今の私は巫女姿のまま！　誰かに見つかればまた変な噂《うわさ》が立ちかねない！

「気配を完全に殺して……早く部室へ……予備の制服に着替えないと……」

私は一切の足音もなく部室に忍び込む。それから更衣室となっている物置を開けて──

「──え」

瞬間、上半身裸の女性と目が合ってしまった。

よく見ると、彼女はどうやら着替え中だったようで……って、あれ？

「え、エルターくん……？」

特徴的な髪色もそうだし、着替えようとしていた服も黒一色の執事服である。

乙女チックな柄の収納バッグからは、脱いだらしい改造制服がはみ出して見えた。

これから装備するつもりだったのか、足下には様々な武器もたくさん並んでいる。

「なんて物騒な……というか、え、男の子なのに……おっぱいが、ある？」

サイズ的にはアヴィ部長以上、シュベルトさん以下ぐらい。

しかし形状はとても美しく、まさに美乳というべきもので――

「……み、見たな……、宮本さ……いや、宮本」

冷たいその声に視線を上げると、彼――いや彼女の頬が真っ赤に染まっていた。

素早く上着だけを着るが、頭に血が上っているのかボタンを留め忘れている。

「あ、あの、これは偶然の事故で、実は男子のフリした女の子だったとしてもですね」

「……ボクの秘密を知ったんだ……キミだけは、絶対に、絶対に許さない」

「まずは平和的に、話し合いを、エルターくん……じゃなくて、エルターちゃん？」

「――――ッ！」

最後の一言で、完全にアウトだったらしい。

彼女はプルプルと全身を震わせ、とてつもない量の魔力を纏《まと》わせていく。

「こ、こ、こ、」

……こ？

「殺してやる――ッ！」

刹那、彼女は私の脳天めがけ鋭い回転蹴りを放つ。

「!?」

私は瞬時にバックステップで回避、宙返りで旧武道棟の中央に着地する。

「……ま、待ってください！　落ち着いて話し合いましょう！」

その顔つきは暗殺者や殺し屋――仕事人《プロ》のものだ。まさかこっちが本性なのか？

「……じ、事情があるんですよね!?　誰にも言いませんから！　エルターくんがエルターちゃんで、実は綺麗なおっぱいしてるんだよなんてことは誰にも！」

私の言葉に、彼女はプロの面持ちを維持しながらも、頬の赤をさらに深く染める。

「き、綺麗なおっぱいとか……キミってやつは、ボクをよっぽど辱《はずかし》めたいらしいね」

「う、嘘《うそ》じゃないです！　本当に綺麗なおっぱいでした！」

「だ、だからぁ……！」

彼女はキッと赤面顔で睨《にら》み、両袖から両手へ、大型短刀《ククリナイフ》を飛び出させて構える。

「宮本絶花《ぜっか》――」

ここで彼女の両手からククリが投擲《とうてき》された。二本はそれぞれ異なる軌跡で私に迫る。

「――ここでキミを、始末する！」

いったい幾つの凶器を隠し持っているのか。

彼女は右手に新たなナイフを構えると、魔力で加速して真っ直ぐに向かってくる。

三方向から同時攻撃、それも私が天聖を抜けない絶妙なタイミング——退路が、ない！

「……二天一流、睡蓮《すいれん》！」

まずは飛び道具を押さえるべく、前に出て左右から迫るナイフをそれぞれの手で止めた。

「片手での真剣白刃取《しらは》り⁉　だが投擲を防いだところで正面はどうする⁉」

彼女は既に目の前。右手のナイフを私の胸元へ突き刺そうとする。

「——天聖！」

私の谷間から刀身だけが飛び出し、エルターくんの刺突を寸前ではじいた。

「ッ⁉　神器《セイクリッド・ギア》か⁉」

相手の体勢が崩れたところで天聖を戻し、両手に摑《つか》んだナイフを武器とし攻めに転じる。

「道化の糸《ワイズ・フール》！」

彼女が左手を開くと、蜘蛛《くも》の巣《す》のようなものが視界を覆った——硬鋼線《ピアノ》⁉

「まだ躊躇《ためら》いがあったね。闘気を出すのが遅いよ！」

糸には魔力が流れていて、斬撃で払うのに僅かなタイムロスが生じる。

既に姿勢は前方へ、このまま飛び込むと殺《や》られ——

「あ、あわっ」

糸は広範囲であり、私は足下のものを切り損ね、躓《つまず》いてしまっていたらしい。

不覚——と思いきや、エルターくんも相手がマヌケに転ぶとは予想外だったらしく。

「「——っ⁉」」

私は彼女を押し倒してしまう。ラッキーとは言えマウントを取れてしまった。

これで形勢逆転……って、なんだろう、私の両手に柔らかい感触がある。

手に収まるサイズで、ふにゅふにゅと気持ちのいい感触が——

「あんっ」

エルターくんが艶っぽく喘《あえ》ぐ。あん？

視線を下方にやると、私は彼女のおっぱいを揉《も》みしだいてしまっていた。

「えっと……その……これも、偶然の事故？」

「う、うぅ、う」

まずい！　本気で殺される！　肉体的にも社会的も！　すぐさま手を離し身構える！

「うあああああああああああああああああああああん」

がしかし、エルターくんは反撃ではなく号泣をしてしまった。

これでは私が彼女を無理やりに襲ったみたいで、いや襲われたのは私なんだけども。

ど、どうしよう……グレイフィアさんより先に弁護士を呼ぼうかな……。

エルターくんが落ち着くと、二人で壁に背を預けて座った。

私も制服に着替えている——けど、すごく距離取られてるなぁ。

「キミは最低だ。ボクの秘密を暴《あば》くだけでなく……わ、わわ、猥褻《わいせつ》行為までした！」

キッと睨みつけられる。いつもの仏頂フェイスは見る影もない。

「あ、暴くつもりはなかったんです、おっぱいに触ったのも、不可抗力でっ」

私は謝罪した後、巫女《みこ》姿を隠したくて気配を遮断していたのだと釈明する。

「……このボクが接近に気づけないなんて……こんなことなら魔力で……」

彼女は自身のミスを悔いていた。体育座りのまま顔を伏せブツブツと呟《つぶや》いている。

「あ、あの、これどうぞ」

よほど女の子だとバレたのが重大なのか、その凹《へこ》みようにかける言葉が見つからない。

そこで私はマジカル☆メイトを渡す。ついでに飲み物としてマジカル☆スウェットも。

「……慰めのつもりかい？」

変わらず顔は伏せているが、片目だけを上げてジロリと視線で私を穿《うが》つ。

「私も不調の時、こうやって部長が差し入れしてくれたんです」

「……誰がそんなもの……」

「食べると元気出ますよ？　これ一番美味《おい》しいドラゴンアップル味なんです」

一度戦った後だからか、私は自然な笑顔で渡すことができる。

「…………ふん」

彼女はそれを受け取ると、小動物のようにチビチビと端からかじり始めた。

しばらくは無言だった。しかし食べ終わるとボソボソと相手が口を開く。

「ボクの本当の名は、エルター・サタナキアだ」

ふと横を向くと、彼女は俯《うつむ》いてはいるが多少持ち直したらしい。

「サタナキア……名前だけは聞いたことあるような、ないような……」

「ルシファー忠臣六家の一つさ。今の冥界を仕切るのは旧七十二柱や、そこから選ばれた四大魔王――キミは人間だから詳しくないだろうけど、六家はいわゆる陰の大家だよ」

「陰の大家ですか……なんか悪の親玉みたいな響きですね……」

「その認識はあながち間違いじゃないと思うよ。六家筆頭のルキフグス家、それに続くサタナキア家に、アガリアレプト家、フルーレティ家、サルガタナス家、ネビロス家――今では表向きその半分も存続してないけど、生き残った家は未《いま》だ大きな影響力を持ってる」

そういえば、グレイフィアさんがルキフグスと名乗っていたけど、旧七十二柱だというグレモリー家の使用人《メイド》だと言ってたし……まさか偶然の同姓とか？

「で、でも、エルターくんはそんなすごい悪魔なのに、どうして男の子のフリを？」

私の質問に、彼女は少し迷ったが――

「……サタナキア家に、認められるためだよ」

ゆっくりと、噛みしめるように、そう答えた。

「うちは完全な男系でね。というのも家の魔力特性が男性にしか遺伝しないんだ。サタナキア家に女として生まれた時点で、ボクに価値なんてないんだよ」

その特性も対女性特化能力で、サタナキア家にとって女性は格下の存在なのだという。

「だけどボクはギリギリ生きることを許された。特性はないけど魔力量は上級悪魔級で、高度な魔力操作もできる。自分で言うのも何だけど器用で使える悪魔だったわけさ」

だから男のフリをする。そして成果を出す。いつか一族に認めてもらうために。

これまでは実家の命令に従い、延々と無名のエージェントをやっていたそうだ。

「プルスラスと名乗ったのは、学園生活には名前が必要だったから。理事となっているグレモリー家の目もある――それにプルスラス家も、かつてはサタナキア家直属の配下。それなりに名の通った家名でもあるし、偽名にするには最適だった」

「カモフラージュってことですか……やっぱりプルスラス家はもう存在しない、と」

「微妙なところだね。かなり昔にうちの一族はプルスラス家の女性を妻にしているんだ。一応はその血がボクにも流れてるんだから、百パーセント嘘でもないだろう？」

昔といっても何百年とか何千年という桁だそうだ。なんて強引な理屈……！

「じゃあ部長の眷属《けんぞく》になるっていうのも、偽りの話なんですか……？」

「いいや。ボクがアヴィお嬢様の眷属候補である話は本当さ」

てっきり全部が偽りなのかと思ったが、そうではないと否定される。

「けれど、ボクの真の目的は護衛だよ」

「護衛？」

「アヴィ・アモンが何者かに狙われているという情報があってね。そこでアモン家はサタナキア家と組んで、彼女の身を守るべくボクを用意した」

詳しいことは調査中だそうだが、そもそも噂《うわさ》程度で真偽すら定《さだ》かでないとか。

今のように離れている間は、自身の使い魔で部長を見張り、何かあれば出動するそうだ。

「ちなみに部長のお母さんは、あなたが女の子だってこと……」

「演技が見抜かれた様子はない。でもあのシエスト様のことだから真相は分からないね」

まず両家のトップがどこまで腹を割って話しているか、エルターくんは知らないのだ。

「アヴィお嬢様の眷属になる、そして彼女を守り抜く、そうすればボクはサタナキア家の一員として認められる——今回の任務は、ボクにとって大きな仕事なんだ」

「なんでそこまでして……エルターくんなら自力でも何とかなりそうな……」

「なるだろうね。だけど裏切れば必ず刺客が送られ、平穏には生きられない。それにボクにはサタナキア家に縋《すが》るしか——そこにしか居場所がないんだから仕方ないだろう？」

ここ以外を知らない。ここ以外には行けない。だからここにいるのだと言う。

「なぜここまで事情を話したのか分かるかい？」

「……ヤケになったとか？」

「宮本《みやもと》は冴《さ》えている時とそうでない時の落差がありすぎだ。マイナス一〇〇点だよ」

私の発言が面白かったのか、彼女は少しだけ肩を揺らした。

「一番はキミにボクが安全だと判断してもらい、今回のことを黙っていてもらうためさ」

エルターくんは余裕そうに言うけれど、その表情はどこか追い詰められても見える。

「……自分の秘密を誰かに喋《しゃべ》るのは、初めてだからね」

私の心配そうな顔を見抜いて、彼女は補足するようにそう言った。

「もちろん試験についても公平性を守る。遺恨を残したくないのは本当だし——なによりボクの唯一の誇りは、プロとして仕事を必ず完遂してきたことにあるんだ」

これまで失敗した任務はないんだと、どこか誇らしげに語る。

エルターくんの事情はよく分かった。話の筋も通っていると私の直感も告げている。

「秘密、守ってくれるね？」

でもどうしよう、グレイフィアさんの連絡係もあるし、だけど彼女の事情も……。

「……ま、守ってくれなきゃ……み、宮本にひどいことされたって皆に言うから」

そ、それは困る！　退学どころか逮捕！　刑務所で青春なんか送りたくない！

「…………わ、分かりました」

少なくとも彼女が敵に回ることはない。それにもしも本当に部長が誰かに狙われるとすれば、シエストさんがわざわざ雇った護衛がいなくなるのは得策でないはず。

大いに悩んで――ごめんなさい！　グレイフィアさん！　どうか許してください！

「ありがとう。キミに感謝を捧《ささ》げよう」

本心からの礼のようだった。ただ銀髪メイドお姉さんのことを思うと胸が痛くなる。

「ところで何かボクに願いはないか？　秘密を守ってもらうんだから相応の対価は払う」

「別に対価なんかもらわなくても……」

「取引は悪魔の基本。ボクは宮本に何か支払わなくてはいけない」

「それはそうなんでしょうけど……」

「あ、でもでも、破廉恥なのはダメだぞ！　そういうのは認めないっ！」

そんな必死に言わなくても……でも対価……何かしら対価をとせがまれても……。

「な、なら、これからご飯でも食べに行きませんか……？」

「なんだって？　それが願い？　冗談だろう？」

本気だと答えると、彼女は馬鹿にするなと立ち上がる。

「ボクだって悪魔だ！　そりゃサタナキアは名乗れないけど……でも見くびられるような生き方はしていない！　少なくとも、食事なんかよりもっとすごい願いが叶《かな》えられる！」

「もっとすごい願いと言われても……」

「お金持ちになりたいとか、嫌いなヒトを消してほしいとか、恋人がほしいとか——そうだ、友達がほしいでもいい！　キミは交友が不得手と聞いている！　これでどうだ⁉」

私は頭を横に振った。友達は自分の力で作るものだ。

「それなら、それなら——……！」

悪魔は契約を重んじる。それが悪魔社会の鉄則なのだと頭で理解はしているつもりだ。

だけど愚かな人間の私は、それよりも——自分の想《おも》いを大切にしたいのである。

「……私も、居場所がない人間でした」

自分が成熟したなんて豪語するつもりはない。

だけど、これまで平然綽々《しゃくしゃく》だった彼女が、ここまで狼狽《ろうばい》する姿を目撃したのだ。

本当に余裕がなかった頃の自分を思い出すのは、必然だったろう。

「でも、皆と出会って、居場所は自分で作るものなんだって、気づきました」

オカ剣の部員集め、リルベットとの衝突、それを乗り越えて今がある。

「私の女神様が言ってた——沢山のヒトに出会いなさい、沢山のことを学びなさいって」

ここに立っていられるのは、多くのヒトが色々なことを教えてくれたから。

きっと見返りだけを求めていたら辿《たど》り着《つ》けなかっただろう。

「ボクにはそんなヒト……性格も性別も何もかも……全部偽りなんだぞ……」

今こそ強く想う。目の前に私のようなヒトがいるなら皆と同じように応えたいと。

「でも、あなたは私に、自分自身のことを教えてくれたじゃないですか」

全て仕事のためとはいえ、秘密を誰かに告白する、それにどれほどの勇気がいるのか。

彼女はとっくに対価を支払っている——それは、私を信じてくれたことだ。

それだけで私は十分に嬉《うれ》しいし、もしかしたら友達になれるかもしれないと思えた。

「だからご飯くらいで丁度いいんです。私たちは中学生なんですから」

もしも願うことがあるとすれば。

彼女がこれから学園で出会う沢山のヒト、その一人目に私が選ばれたらいいなと思う。

「……キミはお人好しがすぎるな」

そんな私の願いを見抜いたのか、エルターくんはやや視線を鋭くする。

「信じられないよ。嘘つきの言葉を素直に聞いて、寄り添おうとすらしているなんて」

「い、いけないですか……？」

「ボクからすればそれは危うい行動だ。それだけの戦闘力を有しながら、剣で誰かを傷つけることに慣れていながら——誰かの心を傷つけることから、逃げていると受け取れる」

確かに、本来万全を期するなら、ここでグレイフィアさんを呼ぶべきだ。

だけど私はそれをしなかった。もちろんエルターくんに脅迫のようなものをされたけど……実際は、自分と似ていると感じた彼女、その一生を斬り裂く勇気がなかったのだ。

「一見優しさに思えるその振る舞いは、いずれ自分だけでなく仲間も危険に晒《さら》し——」

すると私のお腹《なか》から、ぐぅ～という間抜けな音がする。

「す、すみませんっ……実はずっとお腹が空いていて……我慢してたんですけど……」

シリアスだった空気が台無しに。間抜けすぎて羞恥死しそうだ。

「……キミは、本当に変なヤツだな」

彼女は額に手を当てて溜息《ためいき》をついている。そしてしばし考えて再度視線を私へ。

「……近くに美味《おい》しい店、あるのかい？」

ひとまずは私の口車に乗ってやると、彼女の目が語っていた。

「ま、前に、皆と行った中華の名店がありますっ」

「ならそこに行こう。ただしボクに奢《おご》らせるんだぞ？　そこは譲らないぞ？」

「わ、分かりました。ち、ちなみに大盛りにしていいですか？」

「どれだけ空腹なんだい、まったく……」

するとエルターくんは、執事らしく跪《ひざまず》き、さっと右手をこちらへ差し出した。

「……今日の辱《はずかし》めは忘れない。ボクはいつか必ずキミを抹殺するからな」

これは仕事の一環、仲良くなったわけじゃないんだぞ、と釘《くぎ》を刺すように睨《にら》んで。

「――お手をどうぞ。今夜だけはこの身をキミに捧げよう」

私は彼女の手を取る。そして夜に彩《いろど》られた町へと共に向かうのだった。


「……そういえば」

道中、ふと思い出したことを彼女に尋ねる。

「エルターくんが正体を明かした理由、一番は信用してもらうためって言いましたよね」

「あの状況で黙ったままでは無理があるからね。絶対の秘密だったが仕方ないさ」

「そこで気になったんですけど、一番があるなら二番目の理由は何だったんですか？」

私がそう訊《き》くと、彼女は目をパチクリとさせて、それから小さく笑って答えた。

「――なぜか宮本には話したくなった、ただそれだけだよ」

Life.2　交遊のオペレーション

バスケットボールのドリブル音、激しく入り乱れる運動靴が床を鳴らす。

しかしそれを塗りつぶすほど、体育館には黄色い大歓声が飛び交っている。

「「「「きゃー！　エルター様！」」」」

そこには敵チームの包囲を華麗に抜け、完璧にレイアップを決める美少年がいた。

「やるねぇエル！　勉強だけじゃなくて運動も超できるじゃん！」

隣で観戦していたアヴィ部長が、パチパチと拍手をしていた。

次の授業がバレーなので体育館に来たが、そこで部長の三年生クラスと鉢合わせする。

もちろん男女別ではあるものの、女子先輩方はエルターくんたち男子の試合に夢中で
……って、いつのまにか私のクラスの女性陣も応援に加わってるし！

「え、エルターくん……すさまじい声援ですね……」

「ファンクラブもできたらしいよ。王子なんて呼ばれて本人はすごく困ってたけど」

エルターくんは大変おモテになるそうだ。しかし基本は誰に対しても素っ気ないとか
……そのつれない感じが逆に女子心を刺激したと……はぁ、大人気で羨ましいです。

「ところで、リルちゃんがいないけどどうしたの？　同じクラスだよね？」

「グラウンドを全力で走ってます。バレーのために身体《からだ》を温めるとかなんとか」

本番前にマラソンしてどうするんだと——あ、ブザー鳴った、エルターくんのチームが勝ったみたい。彼女はチームメイトの男の子たちに囲まれ、何やら雑談をしている。

しかしここで異変。輪の中心にいた王子様が、段々と表情を強《こわ》ばらせていく。

最後には、かぁぁ……と赤面してしまい、困ったように視線を泳がせていて。

「——！　み、宮本《みやもと》！」

エルターくんは助け船発見とばかりに、大声で私を指さし一気に近づいてくる。

「お、応援にきてくれたんだね！　うん、キミの姿には最初から気づいていたよ！」

「え、いや、私はただ次が体育で……前の授業が早く終わって来ただけ……」

するとエルターくんはいきなり私にハグをしてきた。な、なな、何事ですか⁉

その光景に今度は黄色い歓声でなく、女子たちの真っ赤な悲鳴が響き渡る。

「(……す、すまない宮本、話を合わせてくれ)」

耳元でボソボソと囁《ささや》かれるけど……ぐ、運動後だからかすごく甘い匂いがします。

「せっかくなら休み時間を共にすごそう。でもここは騒がしいし外に行こうか」

「で、でも、授業の準備が……」

「どんなに短い時間だって構わない。一分一秒でもキミと一緒にいたいんだ――！」

よほどこの場を脱したい事情があるのか、歯の浮くような迫真の演技である。

彼女は半ば強引に私の手を取って、外へ連れ出そうと……。

「――お待ちなさい！」

それを遮ったのは、見知らぬ一人の女生徒だった。

「私は『エルター様を十歩離れた距離から尊ぶ会』代表！　抜け駆けは許さないわ！」

これが部長の言ってたファンクラブ……なんて長い名前！　あと十歩は遠すぎる！

どう対処しようかと困ると、瞬時にエルターくんが私を庇《かば》うように前に出た。

「そこをどいてほしい――彼女は、特別なんだ」

王子様から言葉の右ストレートをぶつけられ、立ち塞がった少女は顔面蒼白《そうはく》になる。

「そ、そんなっ……王子に、女がいるなん……ぐはぅぁ⁉」

「「「だ、代表ぉぉぉ――⁉」」」

ショックで気絶した彼女に、他の女子たちが駆け寄ってくる。

「「「宮本絶花《ぜっか》、許すまじ！」」」

しかも盛大に恨まれてるし……善良無害な私が何をしたっていうんですか！

それから無事に体育館を出て、エルターくんから事の真相を知らされる。

「男子と接することに抵抗はない。でも試合後に皆で着替えに行こうって話になって」

「そ、それは非常事態……正体がバレちゃいますもんね……」

「い、いや、更衣室に行くのはまだいいんだ。ボクは高速で着替えられるし」

男子の身体を見るのは恥ずかしいものの、それでも耐えられる範疇《はんちゅう》だという。

「でも、でもだ！　一緒に化粧室……お、お手洗い、に行くのは無理だ！」

これまた流れで、更衣室に行く前、皆でトイレに寄ることになってしまったと。

うんうん、分かりますよ、なぜか連れだって行こうとするあの謎文化ですよね。

女子同士だけがする行動かと思いきや、意外に一部の男子たちも……って、待った！

「え、じゃあ、ただ皆とトイレに行きたくなくて、それだけで私を頼ったんですか⁉」

「そうだ！」

とほほ。特別と言われてドキッとした感情を返してほしいですよ。

「と、とにかく感謝している。キミがいなければ今頃どうなっていたか」

ただ本人は九死に一生を得るという感じ……ま、まぁ、役に立てたなら良《い》いのかな？

「お礼には安すぎるかもしれないけど、あとで購買で何かご馳走《ちそう》させてほしい」

「本当ですか⁉　あ、いやでも、そんなお気遣いは……」

「遠慮しないでくれ。むしろ好きなだけ買うといい。ボクもその方が気が楽だ」

得意げなエルターくんの言葉もあり、私は購買でたくさん奢ってもらった。

ただその光景を見た生徒たちから、宮本絶花が王子を財布にしていると噂《うわさ》され、彼女のファンクラブから命を狙われる話は……またどこか別の機会に。あぁ平穏に生きたい！


—○●○—


「——改めて今回の作戦の説明をしておきます」

お昼休み。私はシュベルトさんから校庭の一角に呼び出されていた。

「って、すんごい数の惣菜《そうざい》パンっすけど、ついにカツアゲでも始めたんすか？」

「わ、私のこと何だと思ってるんですか？　こ、これはお礼だってもらったんです」

私はシュベルトさんにパンを分けつつ、お互いに食べながら話を進めていく。

「僕を中心に部長さんとリュネールさんとで考案した作戦っす。宮本さんは昨日いなかったので、ざっくりとここで概要を説明。実行中は臨機応変に合わせてください」

昼休みもそう長くはない。具体的に何をどう実施するか詳細は省くそうだ。

つまり私だけぶっつけ本番だが、皆の努力を信じてフォローに回るとしよう。

「その名も——ＥＭＯ作戦です」

「い、いーえむ……どういう意味ですか？」

「エルターを、めっちゃ楽しませて、お返しを期待しよう作戦――っす！」

うん、私は皆を信じてます、きっと大丈夫……大丈夫だよね？

「作戦コンセプトは『男子中学生が喜ぶことをしよう』です。マーケティングの要はターゲットが誰なのかということ。そしてターゲットにどういう感情を抱かせるかに――」

自信満々に彼女は解説してるけど、私は現時点で決定的なミスに気づいている。

……エルターくん、女の子なんですけど。

もちろん秘密は言わない約束。これからどうなるか既に胃が痛くなってきた。

「ふっふっふ！　この完璧な作戦で懐柔！　そして点数を荒稼ぎしてやるっすよ――！」


そして放課後、オカ剣メンバーはEMO作戦を決行した。

「――ボ、ボクに学園を案内する？」

旧武道棟で、やけにニコニコとする皆を前に、どこか困惑した様子だ。

「配慮はとても嬉《うれ》しい。けれどキミたちの貴重な時間を奪うのは申し訳ない」

いつも通り部活動に当ててくれと彼女は言う。

「今日のために色々と準備したんだよ！」

「遠慮はいらないっす。鍛錬なんていつでもできますから！」

「騎士は礼節を重んじる。今こそ貴公のために一肌脱ぐ時です！」

畳みかけるような三人の圧に、彼女は一層困ったように私を見るので。

「だ、大丈夫ですよ。オカ剣はこういう部なんです」

懐柔という目的はありつつも、彼女をもてなそうという気持ちは本物だ。

それこそ、三人が持てる人脈と知略を駆使し、完璧なプランを仕上げたと聞いた。

「宮本までそう言うなら——……分かった。なら是非とも案内してもらおうかな」

何度も断るのはどうなのかと、彼女も最後には了解するのだった。

「ただその間でも採点は続けることになる。無礼は承知しているが仕事だから……」

一同もそれは構わないと答えて、さっそく校舎へ向かう準備をする。

「(……どういうつもりだい？)」

すると、死角からボソッとエルターくんが耳打ちしてきた。

「(ナ、ナニガ、デショウカ？)」

「(キミたちがまともな考えで、ボクに学園案内などするはずがない)」

「(わ、私たちは至って真面目です……たぶん)」

「(まさかボクを嵌《は》める気かい？　人気《ひとけ》のない教室に連れ込んで何か辱《はずかし》めようと？)」

「(そこまで物騒なことしませんよ！)」

「(そこまで⁉　ただでは殺《や》られないぞ！　せめてキミは道連れにするからな！)」

ち、ちが……物騒ではないんですけど、色々とトンデモがあるかもというか……。

「みんな行くよー！　ほらエルも早く！」

「あ、お、お嬢様……！」

部長がエルターの腕を引っ張って先導していく。

エルターくんの追及からは逃れられたが、さて一体どうなることやら——

作戦フェーズ1　家庭科部

所変わって校舎の調理実習室へ。アヴィ部長がジュース片手に声を轟《とどろ》かせる。

「まずは歓迎会！　エルの学園生活に乾杯ッ！」

ここは家庭科部の部室を兼ねるとか。やけに狩猟道具があるのが気になるけど……。

「それではお料理をお待ちしますね」

部長の友達だという、家庭科部の火釜鳴実《ひがまなるみ》さんが次々にお皿を運んでくる。

「アヴィさんのご要望通り、前人未踏の究極至高に美味《おい》しい唐揚げを作りました」

改めてＥＭＯ作戦のコンセプトは『男子中学生が喜ぶことをしよう』である。

どうやら部長は『男子中学生は唐揚げを山ほど食べるのが夢なんだ！』と考え、友人である火釜さんにこれをお願いしたそうだが……ちょっと量が多すぎない？

「アヴィさんからは百人前と頼まれました」

「「「百人前⁉」」」

部長は当然でしょとばかりに、目をキラキラさせながら執事の肩に手を置く。

「なにせ男の子はよく食べるから！　これぐらいは余裕だもんねエル！」

「え。あ、そ、そうですね……ボクは間違いなく男子ですから……食べきれ……うぅ」

エルターくんが泣きそう！　あと男性が全員大食いというのは偏見ですよ部長！

「じゃ、いっただきまぁ――……んぐ！　お、おいふぃ！　おいふぃすぎるよこれは！」

「ふふ。そう言ってもらえると、薩摩《さつま》にいる怪鳥と格闘をしてきた甲斐《かい》がありますね」

家庭科部が格闘？　やっぱりここも武闘派なの？　まず薩摩の怪鳥って？

不穏な会話に箸が止まりかけるが、恐る恐る食べると、確かに味は超絶良くて――

「ん！　お、おいしい……！」

涙目だったエルターくんも、思わず表情をほころばせる。

彼女も最初は緊張していたが、次第に二個三個四個と食べるように。

お腹《なか》も満たされ、開幕戦である第一フェーズは成功したと言えるのではないか。

——落ち度があるとすれば作りすぎたこと。最後に残った数十人前は私が食べました。

なにせ執事が潤んだ目で私を見てくるもんだから……お腹の具合？　まだ入りますよ？

作戦フェーズ2　手裏剣部

「次の案内は、このリルベット・D・リュネールが務めましょう——付いてきなさい！」

校舎裏手の木立を進むと、プレハブ小屋がぽつんとあり、扉に書かれていたのは……。

「「手裏剣部？」」

私とエルターくんの声が重なる。リルベットがこれでもかと胸を張って答えた。

「忍者はクールです！　特に男児には興奮必至の存在といえる！　これは燃えます！」

実は最も燃えているらしい騎士様が扉を開けるが、しかしそこには誰もいなかった。

部屋に置いてあるのはテレビやパソコン、ゲームカセットの山など。

座布団《ざぶとん》の下には慌てて隠したらしい、やりかけの携帯ゲーム機がはみ出していて……。

「——どんたっちでござる！　それはまだせぇぶしてござらん！」

天井から声が！　現るは制服と忍び装束を合体させたような格好の少女！　何奴《なにやつ》⁉

「よくぞ参られた。某《それがし》は手裏剣部が筆頭——伊賀流《いが》の服部乱子《はっとりらんこ》と申す」

シュタッと着地すると、コテコテすぎて逆に嘘《うそ》くさい忍者口調の名乗りをくれる。

「まさかＮＩＮＪＡ……実在したのか……！」

しかしエルターくんはえらく感心した模様。海外の方って謎に忍者が好きですよね。

「さすがは乱子。わたしたちの接近に気づき見事に隠れましたね」

「忍びは常時隠形《おんぎょう》。それに万が一にも、生徒会にげぇむしてる姿を見られれば懲罰ゆえ」

忍者がゲームに夢中って……あと生徒会役員のギャルがいるけどそれはいいのかな。

「此度《こたび》は手裏剣を体験したいとのこと。そこで伊賀流を選ぶとは慧眼《けいがん》でござる」

「イガリュウ……現代でもキミ以外にＮＩＮＪＡはまだいるのかい？」

「無論。日の本には未《いま》だ多くの忍びが闇に紛れてござる。この町にも某以外に百地《ももち》殿という高名な忍びがおり——彼は忍術教室を開いていて、ご興味あれば紹介しましょうぞ」

と、質疑応答もそこそこに外へ移動して、肝心の手裏剣体験が始まった——のだが。

「的《まと》に全部当てたけど……これでいいのかな？」

彼女はナイフを巧みに操った通り、初体験ながら手裏剣を見事に使いこなしてみせた。

「エ、エルター殿と申したか。な、なるほどリルベット殿がお連れするだけはある」

「本物のＮＩＮＪＡに誉《ほ》められるとは嬉しいね。でもこれぐらいなら簡単だよ」

「ほ、ほぉ。簡単、と申されたか……し、しかし手裏剣は連続で放つものであって……」

だがエルターくんは、いともたやすく連続で的中させてしまう。

「……ふ、ふふふ、面白いでござる！　しからば某にどこまで付いてこられるか！」

それから指導役を放棄した服部《はっとり》さんと、エルターくんの的当て勝負が始まってしまう。

最終的にはお互い足の指まで使って、一度に何本もの手裏剣を放っていた。

すごい……けど、これって忍びの技なんだろうか、まぁ楽しそうだしいいのかな？

作戦フェーズ3　生徒会

「——最後は僕の番っすね」

目的地の校舎屋上に向かう途中で、こっそりとシュベルトさんに作戦内容を尋ねると。

「(宮本《みやもと》さん。男子中学生が最も喜ぶこと……それはエロっすよ！)」

え、エロ⁉

「(うちの主神様しかり、男を惑わすには女っす。そこで僕の知り合い——生徒会の後輩を呼んでおきました。彼女はちょい抜けてますけどビジュアルは超可愛《かわい》いっすから)」

「(こ、後輩さんでどうエロを？　そもそも彼女にはなんて言って呼び出しを？)」

「(とある生徒が熱い想いを伝えたいと言ってあります。試験官さんなら余裕で連絡先を交換できますよ。なんなら即付き合ってあ~んなことも！　ひゃーウハウハっす！)」

美少女をアテンドと……なんだかこれまでで一番浅はかな作戦な気がするなぁ。

「さぁ到着っす！　こちらが僕のキュートな後輩の——って、ふ、副会長っ⁉」

そこにいたのは生徒会の鬼副会長、源《みなもと》先輩ことミーナ先輩だった。

しかし普段の厳しさは消えて妙にソワソワしている。頬を染め前髪を何度もいじるその様は、今から生まれて初めての告白を受けようとしている生娘《きむすめ》のようで——

「ん……？　オカ剣のアホども……？　なんでお前らがここに……？」

「み、源先輩こそなんでいるっすか⁉　顔だけは超絶に可愛い僕の後輩は⁉」

「俺はあいつにここで待つように言われて……こ、告白したい生徒が、来るからって」

先輩はかーっと真っ赤になっている。なんだか聞いていた話と違うような……。

「(あ、あのド天然美少女！　たぶんサボりたくなって源先輩に丸投げしたっす！)」

つまり後輩の突発的ボイコット。しかも言われたこと全て副会長に押しつけたと。

「っあ！　まさか俺に告白したいやつがいるって話は、お前らのイタズラで——！」

道理でおかしいと思ったと、ミーナ先輩の表情が憤怒《ふんぬ》に染め上げられていく。

彼女が怒るのはもっともだ。一体この事態をどうするんですかシュベルトさん！

「う……あのぉ……これはっすねぇ………」

正直に謝るしかないよ、一緒に頭を下げますから——と、私はギャルに目線を送る。

ただシュベルトさんは何を勘違いしたか、さすが宮本さんだという視線を返してきて。

「み——源先輩に熱い想いをぶつけたいのは、宮本さんっす！」

このギャル何て言った!?　お願いしますみたいな顔されても困りますけど!?

私は残りのメンバーに縋《すが》ろうとするが——全員が頼んだぞと大きく頷《うなず》く。薄情な！

「み、宮本が、俺に……告白するのか……？」

ミーナ先輩はすごく驚きつつも、鬼モードから再び生娘モードに突入する。

でも急に熱い想いとか言われても……っぐ、先輩の上目遣い可愛いな……。

「そ、そのですね、ミーナ先輩には、日頃からお世話になっていまして」

「……お前が問題児すぎるんだ…………あとミーナって呼ぶな……」

お決まりのミーナ呼び禁止令、しかしその口調はあまりに弱々しい。

「……何で俺みたいな口うるさいだけのやつ……面倒なだけで可愛くもないのに……」

「そ、そんな！　面倒だなんて思ってません！」

確かにいつも怒られるが、それは彼女が一生懸命に生徒会の仕事をしているからだ。

「ま、前の学校だったら、たぶん先生からも生徒からも見放されてました……」

トラブルに巻き込まれて遅刻や不祥事ばかり、普通なら関わりたくない相手だろう。

「でもミーナ先輩は、そんな私を、オカ剣を、いつも気に掛けてくれてます」

なにせ地の果てまで追いかけてくるのだ。でもその途中でジュースをくれたりもする。

「で、ですから、伝えたい熱い想いというのは――……」

ここで嘘をつくのは不誠実、素直に日頃の感謝を伝えた方が良《い》いと頭を下げる。

「いつもありがとうございます！　ミーナ先輩はすごくカッコイイし可愛いです！」

「宮本……お前……」

「あ、でも問題を起こすことにはちゃんと反省してますよ⁉　で、できれば、ミーナ先輩みたいに、真面目に学園生活を送りたいなぁ……と思ってはいるんですけど……」

あらゆる事件が私の方に寄ってくるんですよ。不思議ですよね。

「そ、そっか。俺みたいになりたい、か………えへへ……」

そんなこと初めて言われたと、先輩は平静を装《よそお》いつつも喜びを滲《にじ》ませる。

「み、宮本、だったら生徒会に入れよ！　そこで俺がビシバシ鍛えてやっから！」

彼女は少し照れた様子でそんな提案をしてくる。突然どういうこと？

「いずれは俺の後釜で副会長に――いや、お前だったら生徒会長になってもいいな！」

な、何か話が変な方向に行ってません？　熱い想いも伝えたので円満解散しませんか？

「そ、そんなこと、いきなり言われても、私は生徒会に入らな――」

「あぁ⁉　俺に面倒見られるのが嫌なのかぁ⁉」

と、いつも以上の超怖い顔ですごまれる。ひえええええ。

「三学期には生徒会選挙だ。宮本が生徒会長に立候補することは、俺から他役員に伝えとく――この源義夏《よしか》が推薦人になるんだ。誰にも文句は言わせねぇから安心しとけ！」

ミーナ先輩すっごい笑顔！　不安しかないよ！　オカ剣の皆さん助けてください！

「「目指せ生徒会長！」」

皆は一度顔を見合わせてから、すごく良い顔でサムズアップをした。裏切り者！

「ふふふ。オカ剣はこういう部なんだろう宮本？」

最後にエルターくんも思わず吹き出してしまい、これにてゲームセットである。


―○●○―


「――結局、この学園紹介って何だったんだい？」

屋上から旧武道棟に帰る途中、廊下をとぼとぼと歩く私にエルターくんが尋ねてくる。

「アハハ……何だったんでしょうね本当に……ハハハ……」

「あからさまに落ち込みすぎだよ。次の生徒会長になる人間がそれでいいのかい？」

エルターくん……！　他人事《ひとごと》だからって楽しんでますね……⁉

ちなみに大事《おおごと》にしたシュベルトさんは、副会長のご機嫌取りも兼ねて、生徒会の仕事をしに作戦から緊急離脱——まぁ、あの後、本気で謝罪してきたから許すとしよう。

「想定より時間が押してしまいましたね。申し訳ありませんがベネムネ教諭の所に——」

これからリルベットも、堕天使の研究所に行く予定がある。

離脱する前にと、最後にアヴィ部長と何やら話をしているようだ。

「……今日は、悪くなかった」

そうなると必然的に、私がエルターくんとお喋《しゃべ》りするわけで。

「ほ、本当ですか⁉　私たちが勝手に連れ回しただけのような気がしますけど！」

まさかEMO作戦成功では⁉　私は部長の合格に一歩近づいたと歓喜するが——

「……実は、学校というものに通うのは初めてだったんだ」

エルターくんのさらりとしたその告白に、思わず足を止めてしまう。

「ボクは一族にいないものとして扱われたからね。一般教養や戦闘技術みたいな、任務に必要なものだけは叩《たた》き込まれたけど……学校には行かせてもらえなかったんだよ」

初めての学校——その事実を聞いて、私の意識が一瞬、真っ白になる。

この作戦は彼女を楽しませるためにあった。でもそれは合格への過程にすぎなくて。

「キミたちに別の目的があったとしても、こうして学生らしいことができて満足だよ」

ありがとう――彼女は小さな、とても小さな声で、その言葉を残した。

私は、彼女の本心に、まだ向き合えていなかったのかもしれない。

エルターくんの事情の一部を聞いて、よく知った気になっていたのである。

「もう遅いかもしれないけど……何か好きなこと、やってみたいことはありませんか？」

彼の――いや、彼女の楽しいはどこにあるのか。

私は、エルター・サタナキアが、十二分に楽しめることをしてあげたい。

「言っただろう、ボクはもう十分に満足して――」

と言いかけて、彼女は一つの教室の前で足を止めた。

扉には『手芸部』と書かれた可愛らしいプレートが掛けられている。

「二人とも立ち止まってどうしたの？」

私たちが遅れているのを見て、リルベットを見送った部長が、近づいて尋ねてきた。

「こ、この手芸部というのは……」

「縫い物したり編み物したりする部だよ？　絶花《ぜっか》ちゃんの前の学校にはなかった？」

私は思わず隣を見た。その話を聞いてエルターくんがじっと教室を見つめている。

「ぶ、部長！　私、ここが見学したいです！」

作戦からズレた行動かもしれない。でもこれを見逃したら次があるか分からないんだ。

「エルターくんも興味ありますよねっ!?」

「ぼ……ボクは別に……」

「へぇ、エルも手芸部のこと気になるんだ？」

そんな様子を見て、アヴィ部長がこれは意外という顔をする。

「い、いえ、興味など……その、ボクは男子ですから……」

「ん？　男子とか女子とか何か関係ある？」

「手芸など女々しい気がして……少なくともボクには許されない趣味で……」

「変なこと気にするね！　ここは学校だよ！　やりたいことやればいいじゃん！」

些細《ささい》なことなんか気にするなと、部長は笑い飛ばす。

「どうする？　本当に嫌なら無理はしなくていいよ？」

執事は長く沈黙して、それから消えそうな声で想《おも》いを紡《つむ》ぐ。

「……少しだけ、気になります」

私と部長がそれを聞いて、顔を見合わせて首を縦に振る。

「決まりだね！　それじゃあ手芸部に交渉してみよっか！」

アヴィ部長が扉をノックする。そろそろ夕刻だがまだ活動中だと信じたい。

「――はいはぁい、どちらさまですかぁ？」

まもなくして間延びした声が教室から発せられた。

部屋の中からはおっとりとした美少女が出てきて――って、部長が急に真っ青に!?

「(お、お嬢様……この女性から僅かに聖なるオーラが……まさか教会の……)」

「(じゅ、十字架でも持ってるのかもね……！　でも敵意は感じないし大丈夫……！)」

悪魔組は何やら冷や汗をかいていたが、部長が思いきって一歩前に出る。

「オカ剣のアヴィ・アモンです！　手芸部の見学がしたいんですけど大丈夫ですか!?」

「見学……珍しいこともありますねぇ。もちろん大歓迎ですよぉ」

彼女は多少驚きつつ、中へどうぞと、おおらかに迎え入れてくれた。

部長とエルターくんは不安げな顔をしていたが、部屋の中を見てそれは一気に晴れる。

「「――おぉ！」」

手狭な教室にはたくさんの作品が並んでいて、その全てが素晴らしい出来映えである。

「……きゅ、キュートだ！」

エルターくんは、そんな作品の中でも、ぬいぐるみたちに目が釘付《くぎづ》けだった。

「褒めていただけて嬉《うれ》しいです。我ながら力作だと思っていますよ」

「き、キミが作ったのか、この子たちを？」

「はい。そもそも手芸部には普段私しかいませんので」

彼女はぺこりと頭を下げてから、部についての紹介をしてくれる。

「改めまして、手芸部の部長を務めております、二年のイル・ラグンテです」

彼女以外は幽霊部員であり、活動時には実質ラグンテさんしかいないのだという。

「作品制作は幅広く行っていて、出来の良いものはコンクールに出したりもします。それから私はカトリック教徒ですので、隣町にある教会のバザーに出品したりなど――」

自分のためだけでなく、お世話になっている教会のための活動もしているそうだ。

「これだけ素晴らしい作品を作るんだ。叶《かな》うならボクが全部買いたいところだね」

「うふふ。来月のバザーには是非いらしてください。様々な作品があって面白いですよ。この前も『世界最高の芸術家』と名乗る方が来て、それはもう見事な彫刻を――」

ぬいぐるみを抱いたエルターが真剣に話を聞いている……どれだけお気に入り!?

そういえばファンシーな柄のバッグも使っていたし、実は可愛《かわい》いもの好きなのかな？

「――もしよければ、作ってみますか？」

夢中になっているエルターくんを見て、ラグンテさんが柔和な表情で提案した。

「いきなり大きなものは難しいですが、初心者でも作りやすいものがありますよ」

「い、いや、ボクにはとても……そ、それに、時間もあまりないだろう……？」

「私は日頃遅くまで残っていますから構いません。せっかくですしいかがでしょう？」

エルターくんは迷い、どうしようと私と部長の方を向いた。

「いいんじゃない⁉　あたしもちょっとやってみたいし！」

「私も、貴重な機会なので、やってみたいですっ」

それを聞いてエルターくんが、頬を染めて俯《うつむ》きがちに決断する。

「……ならボクも、やってみよう、かな」

そうと決まればと、ラグンテさんは道具となる綿と針を持ってくる。

「これは羊毛フェルトといいます。羊毛を専用の針でつつくことで繊維を絡《から》め、作り手の望むものに成形していきます——自作で申し訳ありませんが、具体的にはこのような」

と、作例としてラグンテさん作の羊毛フェルトを見せてくれる。

サイズは手のひらに載るぐらいで、犬に猫に鳥など、どれも見事な出来映えだ。

「動物だけでなく、実在の人物であったり食べ物、架空のキャラクターも作れますよ」

素人《しろうと》喩《たと》えだが、小さなぬいぐるみ作りといったところだろう。

「やり方を教えながら進めますので、まずは作りたいテーマを決めて——」

ラグンテさんの懇切丁寧な指導のもと、私たちは羊毛フェルト作りを始めるのだった。

「「「──で、できた！」」」

かなり時間が掛かったが、なんとか全員の制作が完了する。

「お疲れさまでした。皆さんとてもお上手ですよぉ」

ラグンテさんがウンウンと褒めてくれる。それからお互いの作品を見ることに。

「じゃじゃーん！　あたしのはこれ！　傑作でしょ！」

「あ、わ、分かりますよそれ！　ぷ、プテラノドンですよね⁉」

「……カラスなんだけど」

違った──こ、これは彼女が下手というわけではない！　私の見る目がないだけだ！

「絶花ちゃんのは……」

続いて三人が私の作品を見るが、なぜか会話が一旦止まってしまう。

「私は、高等部の、姫島朱乃《ひめじまあけの》先輩をモデルにしてみました」

手元には、ややデフォルメされた大和撫子《やまとなでしこ》が載っている。

「う、上手すぎる！　プロなの⁉　でもちょっとおっぱいが大きすぎる気も──」

「いいえ！　これでも足りないぐらいです！　朱乃先輩のおっぱいはすごいんです！」

ご先祖様には芸事の達人だった一面も。遺伝なのか芸術系の成績はいつもAである。

「以前、朱乃先輩に巫女《みこ》服を頂いたんです。だからこれをお礼として渡そうかなと」

喜んでくれる……かは分からないけど、大事なのは気持ちですから！

「え、エルターくんは、なにを作ったんですか？」

最後に振ると、彼女は見せたくないのか、両手を丸くして隠してしまっている。

「……たぶん、笑われる、あまり、良くはできなかったから」

自分が女性だと私にバレた時、それと同じぐらい不安そうな表情だ。

そんな彼女に、ラグンテさんが柔和に微笑《ほほえ》みかける。

「完璧な作品なんてありません。私たちは好きだと信じるものを形にするだけです」

するとエルターくんは躊躇《ためら》いがちに、だけれどゆっくりと手を開く。

「可愛い……！」

彼女の手の上には、もこもこの羊が載っていた。

持ち前の器用さからか、とても処女作とは思えない出来である。

笑うどころか拍手喝采ものだ。ところでなぜ羊にしたのかと尋ねてみると——

「執事と、羊で、掛けてみたんだ……」

安直な考えだろうと赤くなって顔を伏せてしまう。

「洒落《しゃれ》が利いていて、わ、私は良《い》いと思いますよ！」

「そ、そうかい？　ボクも悪くないアイディアだと思っていたんだ。ジェイミーは……」

「じぇ、ジェイミー？」

「この子の名前だよ。正式にはジェイミー・J・B・ハントといって、説明すると――」

ま、まさか設定を作り込んでいる⁉　小説一本書けそうな情報量してますけど⁉

「あはは！　そんなに仲良しなら、ジェイミーはエルの相棒だね！」

「相棒……」

アヴィ部長の言葉に、彼女はしみじみと羊を見つめていた。

その後、ラグンテさんは私たちの作品を、ラッピングまでして持たせてくれる。

隣のエルターくんは相棒のジェイミーを大切そうに抱きしめていた。

「……今日は、とても勉強になった」

手芸部から去る前に、エルターくんはラグンテさんに丁寧なお辞儀をしていた。

「不躾《ぶしつけ》な質問をしてもいいだろうか」

「はぁい、なんでしょうか？」

「……一人で、寂しくはないのかい？」

それは幽霊部員しかいなくて、ラグンテさんだけで活動する現状についてだ。

実際、部室であるこの教室もあまりに手狭で、環境的にもすごく良いとは言えない。

「一人だろうと好きだからやっています。好きだから続けられるんです」

彼女はさっぱりと言い放つ。ふわふわした方だが意志はとても固いと伝わってくる。

「ですけれど、新しい仲間が増えるとすれば、それはとっても嬉しいことですね」

「一人でも、できるのにかい……？」

「創作はもともと孤独なものです。ですが私は今日という日がとても楽しかった」

彼女は滅多にいないという見学者の私たちを見た。

「それぞれが力一杯に作って、それを見せ合って、作品のことや他愛《たわい》のない話に花を咲かせる――好きなことを語り合える仲間がいるのは、それだけで尊いものだと思うのです」

彼女は言う、一人でも楽しむことはできる。

だけどその楽しさを誰かと分かち合えたのなら、それはもっと楽しいんじゃないかと。

「オカルト剣究部の皆さん――そしてエルターさん。またいつでもいらしてくださいね」

武術系の部活ばかり目立つという中等部。しかし創作と真剣勝負をするヒトもいるのだ。

剣で戦うことだけが、戦いの全てではないのだと学べた気がする。

もしも私が生徒会長になることでもあれば、もっと広い部室を渡したいところだ。

ま、自分が会長とか、絶対にありえないんですけどね！

―○●○―


エルターくんの学園案内を終えて数日が経過した。

相変わらず彼女の採点は厳しいし、私なんかは例のファンクラブに狙われるようになるし……大変なことは続いているけれど、でもEMO作戦が無駄だったとは思っていない。

「おはよう、宮本《みやもと》」

旧武道棟につくと、エルターくんが自然に挨拶をしてくれた。

皆に対しても態度が僅かに軟化していて、以前よりも取っつきやすくなったと感じる。

「さて……まず今日は、試験についての進捗を報告しようと思う」

一歩前に出たエルターくんが、一同を見回してから、やや真面目な口調で語り始めた。

「この数日間は、主に学業や生活態度など、一般生徒としてどれだけ優れているかを審査していました――そしてお嬢様は、なんとか合格ラインとなる見込みです」

思ってもみなかった彼女の発言に、私たちは思わず「おぉ！」と歓声を上げる。

「ただし確定ではありません。もし試験終了までに遅刻の一つでもすれば……」

ジロリとエルターくんの視線が部長に向けられる。

「あっはっは！　心配無用だよエル！　これでも走り込みは結構やってるんだから！」

「ボクは脚力を不安視しているのではなく、もっと余裕のある登校をという……」

いまいち論点がズレている部長に、執事はむしろ心配が深まったと嘆息をつく。

「でも進捗を伝えてくれるなんて律儀っすねー。さすがモテモテのモテ王子は違うっす」

「結果は最後に出るとばかり。わたしもモテモテなモテモテ王子に感謝しましょう」

「キミたちモテモテと言いたいだけだろ！　そもそも女性に異性として好かれても──」

自分は女だから意味がないと言いかけて、エルターくんは間一髪で口を押さえる。

「と、とにかく、試験を円滑に進めるために教えたまで！　変な勘違いはするなよ！」

と勢いで誤魔化す……教室ではちゃんと男子のフリできてるのかな、私は不安です。

エルターくんはわざとらしく咳払《せきばら》いをし、再び部長と実力試験についての話をする。

「エルは評価は大きく二軸って言ってたよね。なら残すは──」

「上級悪魔としてどれほど優れているか、です」

魔力量、魔力操作、特性、戦闘技術、王の器……これらの力量を見られるわけだ。

「本来なら、お嬢様が人間との契約業務をしていれば、採点もできたのですが……」

「ま、まったく悪魔業してないわけじゃないんだよ⁉　現在進行形で現在進行中！」

「それは安心いたしました。では冥界に今月提出の報告書も順調なのですね？」

「つう、そ、それはぁ……なんと言うかぁ……やる気はあるんだけどぉ……」

結論としては、上級悪魔としての点数はほぼゼロということだ。

「お嬢様はまだ中学生——シエスト様もそれは承知していますから。よって今回は実力試験の中に『特別試験』を組み込むことで、善《よ》し悪《あ》しを判定する運びとなりました」

「特別試験？　どういうこと？」

「ボクもまだ概要しか知らされていません。なんでも堕天使と悪魔が共同開発している、疑似空間を舞台とした体験型ロールプレイングゲームだとか」

堕天使と聞いてベネムネ先生の顔が浮かんだ。たぶん一枚嚙《か》んでいるだろうなぁ。

親であるシエストさんが、部長の悪魔業とやらの実態を知らないわけがないだろうし……前もって二人で準備していたと考えるのが妥当かな。

「シエスト様からは全員での参加を推奨されました。そこで皆さんの都合を——」

自己研鑽《けんさん》期間なので予定はバラバラ、エルターくんは全員が揃《そろ》う日程を組んでくれる。

「スケジュール調整ありがとね、エル！」

「いえ、お嬢様の眷属《けんぞく》候補として当然の働きです」

満面の笑みで感謝する部長に、執事は慣れたように頰を緩ませた。

なんだかんだと、この二人の息も合いつつあるようだ。

特別試験、さて鬼が出るか蛇が出るか——何にせよ全力で挑むのみですね！

Life.3　冒険！　オカルト剣究部！

「――失礼します」

特別試験の実施日、部室にまずやってきたのはシエストさんだった。

私たちはそれぞれ挨拶をするが――

「…………」

部長だけは無言のままで、シエストさんと黙って睨《にら》み合《あ》っている。

二人が不仲なのは周知の事実だが、いきなり空気が重すぎる！

「あ、あのぉ、シ、シエストさん、ベネムネ先生は……」

「彼女は試験の準備をしています」

「あ、はい」

会話終了。私って世間話とか続かないんです。ご存じ口下手の不器用人間なんですよ。

「――アヴィ、今のところは、それなりに上手《うま》くやっているようですね」

ここでシエストさんが部長に話しかけた。

「含みのある言い方するね。あたしはこのまま絶対に人間界に残るよ」

「それはどうでしょう。特別試験はあなたが思うほど簡単ではありませんから」

静かに対抗心を燃やす部長だが、ここでシエストさんが挑発とも取れる言葉をかける。

「一つ忠告をします。身の危険を感じたら早々に諦めなさい」

「……どういう、意味？」

「そのままの意味です。一人で突っ走るだけのあなたに、このゲームは荷が重い」

「っ！　やってみなくちゃ分からないでしょ！」

「そうやって気持ち一辺倒で解決しようとする、あなたは昔から――」

「そっちだって、いつも上から目線で――」

両者ヒートアップしたのか、すさまじい口喧嘩《くちげんか》を始めてしまう。

オカ剣メンバーも下手に口を出せないし、エルターくんもどうしようと困っている。

「だったらこの場で白黒つけてもいいよ！」「あなたが私に勝てるわけないでしょう？」

もはや口だけでなく手まで出そうな雰囲気で……こ、このままだと大戦争では⁉

「――はいはーい、皆さんお待ちかね、ベネムネ先生の登場さねー」

ここで救世主……ではなく、堕天使おっぱいお姉さんが現れた。もう、遅いですよ！

「準備に手間取っちゃってさ。てかどしたのこの空気。やけに絶花《ぜっか》ちゃんオロオロしてるし……あ、まさか私に会えなくて寂しかったのかな？　ヨシヨシしてあげよっか？」

「少しでも私に触れたら、セクハラされたってリアス先輩に訴えます」

「辛辣すぎない⁉ あのお嬢様に言うって、本気で私をクビにする気じゃん！」

そうですよ。だから私の胸の前でわしゃわしゃしている手を引っ込めてください。

……でも先生のお陰で場は和らいだし、悪いヒトではないんだよね……。

「え、えー、じゃあ絶花に訴えられる前に、真面目に特別試験の話をしようか」

ゴホン。仕切り直すように先生が語り出す。

「まず簡潔に！ 今回はゲーム形式でアヴィの実力を測ることにしたよ！」

先生は続けてどんなゲームなのかを説明してくれる。

「その名も――アザゼルクエストだ！」

「「「「アザゼルクエスト？」」」」

アザゼルといえば、ベネムネ先生と同じ堕天使で、高等部の教師だという人物だ。

「疑似空間を使ったシミュレーションゲームさ。ざっくばらんに言うなら体験型ＲＰＧ！

少し前にも高等部で実際に行われてね――そん時は、広大なファンタジー世界を舞台に、
戦士や僧侶といった職業を与えられた生徒が、悪の龍王を倒しに行くって内容だった」

先輩たちもプレイしたことがあると……というか本当にゲームみたいな話だ。

「疑似空間内では、様々なトラップやモンスターが用意されている。もちろんラ、ラスボスも

ね――これはアヴィの戦闘力を見るだけでなく、状況判断やリーダシップなど、王の資質をも測ることができる、いわば総合力を試されるゲームなんだよ」

そうなると、私たちのチームワークも結果に大きく影響するわけだ。

「せんせー、質問があるっすー」

「はい、シュベルトライテくん」

「なんでアザゼルクエストって名前なんすかー?」

「最初の開発者がアザゼルだからさ。今はお痛をしたせいで責任者から下ろされたけど」

あ、アザゼル先生……一体なにをやらかしたんだ……。

「わたしからも質問を。ゲームならば身体《からだ》や能力も仮想のものなのでしょうか?」

「良《い》い質問だねリルベットくん。あくまで疑似空間に転移するだけだから、喉も渇くし傷も負う。それとアヴィの実力を見るための試験だから、今回はレベル概念もなくして素の実力勝負さ――ゲームという体裁は取ってるけど、油断したらえらい目に遭うよ」

万が一の際は強制退出《ログアウト》されるそうだが、それでもダメージは現実に持ち帰ることになる。

また職業として戦士を選択しても、筋力や特殊能力を得られるわけではないらしい。

それを聞いてエルターくんは思案顔で呟《つぶや》く。

「素の実力が試される……すると職業という概念も不要な気がするけど……」

「先生を甘く見ないでほしいねエルターくん。実は職業ごとに衣装が用意されてるのさ」

「しかし衣装があっても何もステータスが変わらなければ意味が……」

現実的な彼女の発言に、ベネムネ先生はカッと目を開いて叫んだ。

「美少女と美少年がコスプレをするッ！　それだけで十分に意味はあるんだッッ！」

「「「…………」」」

先生がメラメラと燃えている。プレイヤーじゃないのにやる気マックスですね。

「ま、ここでダラダラ説明しても退屈だ！　やってみればなんとなく理解できるよ！」

先生は追及されたくないのか、早々に説明を打ち切ってゲームを起動させていく。

「──アヴィ」

ここで、あれからずっと黙っていたシエストさんが口を開く。

「先ほども言いましたが、この特別試験では……いえ、なんでもありません」

しかし部長は完全に無視していた。それを見てシエストさんは何か言いかけてやめる。

「──よし、起動完了！」

ベネムネ先生が操作を終え、私たちをグルリと見回して檄《げき》を飛ばす。

「それじゃあ、楽しんで行ってきな！」

すると足下に巨大な魔方陣が現れ、旧武道棟はまばゆい光に包まれる。

部長、エルターくん、リルベット、シュベルトさんと、次々にゲームへ転移していく。

「──やれやれ──今回──設定した難易度──高すぎ──」

最後に私が転移しかける中、ベネムネ先生とシエストさんの会話の断片が聞こえた。

「──あの男がラスボス──ご息女──厳しすぎるのでは──？」

「簡単な試験──無意味──突破できなけれ──その程度の実力ということ──」

眉をひそめる先生に、シエストさんは淡々と、しかしハッキリと告げた。

「──今のアヴィでは、彼には絶対に勝てないでしょうね」


─○●○─


目を開けると、私たちは駒王学園《くおうがくえん》中等部のグラウンドにいた。

しかし転移が失敗したわけではない。

なにせ空は妙に暗い色で、グラウンドにはアーチ形をした謎の入り口、そして──

「「「「アザゼルクエストⅡ～古代遺跡の大秘宝～」」」」

全員が思わず声に出したのは、空中にでかでかと浮かんでいたゲームタイトル。

おそらく謎の入り口は、地下にある古代遺跡とやらに通じているのだろう。

「あ！　なんか画面切り替わったよ！」

部長が指さすと、空中のタイトルが消えて、今度は流れるテロップが表示される。

『学園の地下には古代遺跡が存在していた――』

おそらくゲームのプロローグ……プレイヤーに向けての概要説明なのだろう。

しかも事前に収録したらしい、女性のナレーションまで付いているとは手が込んでいる。

『最深部に眠るは伝説の秘宝。それを守護するは不死身の番人。数々の冒険者が――』

「あ、あぁぁぁぁぁぁぁぁぁぁ！」

すると、ここで突然シュベルトさんが大声をあげる……何事ですか⁉

「このナレショしてるの夜水可子《よるみなかこ》の声優っす！　普段と声違くて気づかなかったっす！」

「ヨルミナ……誰ですか？　説明しなさいシュベルトライテ」

「『暑宮アキノ』シリーズに出てくるヒロインっす！　宮本《みやもと》さんは知ってますよね⁉」

「い、いえ……でも声優さんを雇うなんて、結構お金がかかってるゲームなんですね」

「あたしはアニメで暑宮アキノ知ってるよ！　シュべちゃんは誰が好き――」

プロローグは今も続くものの、それを無視して盛り上がる私たちだったが。

「キミたち！　説明は！　最後まで！　黙って！　聞きたまえ――ッ！」

エルターくんに叱られ、正座をしながらゲーム説明を受けるのだった。

「つまりだ。地下ダンジョンを冒険し、不死身の番人を倒して、伝説の秘宝を手に入れろ――それが、この『アザゼルクエストⅡ』のゲームコンセプトということだよ」

エルターくんが話をまとめてくれる。

「ゲームのクリア条件は、秘宝を入手して地上に生還すること。ただし入手失敗はもちろん、途中でリーダーのお嬢様が戦闘不能になった時点でもゲームオーバー。それで――」

あ、説明が長くてシュベルトさんがウトウトしてる。ほら起きてください。

「ちなみに、堕天使の総督である、あのアザゼル氏が作ったゲームだ。疑似空間とはいえ本物の宝が交ざっている可能性もあ――」

「うおぉぉ！　本物のお宝！　なんだかやる気になったっすよ！」

さ、さすが仕事のできる執事！　一発でシュベルトさんを覚醒させた！

「要は『宝探し』というわけだよ。シンプルなゲームだと思うけど理解できたかな？」

「分かりやすくて良いでしょう。今後の終聖捜しの予行演習にもなると捉えられます」

「うん！　まさに王道のゲームって感じ！　試験だから気は抜けないけどね！」

私たちは秘宝を手に入れる過程で、トラップやモンスターと戦っていくわけだ。

「あ！　そういえばエルも今回は特別試験に参加してくれるの!?」

「はい。採点についてはゲームのシステムが自動記録してくれるそうです。ボクは眷属候《けんぞく》補としてお供します。ご指示をくだされればいかようにも動きますので」

将来は眷属になるかもしれない。ここで二人の相性を確かめる側面もあるのだろう。

「そ、そういえば、ベネムネ先生の話だと……職業があるって話でしたけど……」

私がそう言うと、ちょうどのタイミングでまた空中にテキストが表示される。

そこには一覧として、戦士や僧侶など、何十種類もの職業が書かれていた。

ただどれにするかとお喋《しゃべ》りが止まらず、結局はランダム選択機能で職業を決めることに。

「あたしは………冒険家だって！」

部長の職業が決まると、彼女の身体が一瞬光に包まれる。

すると、中折れ帽子に革のベスト、腰には長鞭《ながむち》と――まさに冒険家という姿になる。

「――えーっと、僕は盗賊っすね」

「――わたしは戦士のようです」

シュベルトさんは、長いマフラーに軽装、ピッキング道具が入っているらしいポーチを携えた盗賊に……うん、シュベルトさんにピッタリな職業ですね！

「フハハ！　まさに天職！　皆の衆よ喝采しなさい！　我が誉れ高き騎士道に！」

高笑いをしているのはリルベットで、彼女は完全重武装《フルアーマー》という格好であり、頭の先からつま先まで鎧《よろい》で覆われている……騎士っぽい姿になれてテンションは最高潮の模様だ。

「これが試験だと本当に理解しているんだろうね……はぁ、ボクも職業を選ぼう」

ちょっとだけ疲れた様子のエルターくんが、同じようにランダム選択をすると。

「「「「踊り子？」」」」

その職業にピンとこない私たちだが、エルターくんの全身が光ってその正体を知る。

「な、なな、ななな、なんだこの破廉恥な格好は――――ッッッ！」

叫び声を上げたエルターくんは、それはもうすごくエッチな格好になっていた。

水着かと思うほど衣装面積が少なく、大事な箇所をのぞき全てがむき出しだ。

「だ、男子が、着るべき服装ではない！　こんな不埒《ふらち》なのは……み、認めないぞ！」

あ、あ、そんなに激しく動くと胸元が見え……っは！　そういえば裸同然の衣装になったことで、僅かとはいえおっぱいの膨らみが露見してしまっている！

エルターくんは自分が女性であることを隠しているので……まずい、皆にバレて……。

「はへぇ、さすが美少年っすね。男子なのに似合いすぎっす。もはや賞賛ものっすよ」

「多少ですが胸の大きさまで変化する様子。やはり堕天使の技術力はすさまじいですね」

「見てみて！　ブレスレットとか指輪とか、高そうな装飾品までついてるよ！」

……い、意外と順応している、さすがはオカ剣っ！

「に、似合ってます！　可愛《かわい》いと思いますよ！」

この流れを断ち切りたくない。私は彼女を助ける意味もあって素直に感想を述べる。

「か、可愛い……ボクが……冗談はよしてくれ……」

「い、いえ！　誰がどう見ても美少女です！　で、ですよね皆さん!?」

皆に同意を求めて振り返ると、全員がウンウンと頷《うなず》いている。

「ふ、ふん！　ボクが可愛いなどと！　キミたちの美意識はどうなって――」

一同から賞賛の嵐で、エルターくんは思わずそっぽを向いてしまう。

「そ、それよりだ！　最後は宮本だ！　さっさと済ませてくれ！」

そうだ、あまり悠長にしてはいられない、私も職業の選択をしなくては。

「……エルターくんみたいな、エッチな格好は困るけど……でも……」

皆があれこれと楽しんでいるのを見て、不安もあるが期待のようなものも抱く。

テレビゲームとは違うが、こうして誰かとゲームをプレイするのは初めてなのだ。

私はワクワクする感情を抑えながら、ランダム選択を行って――

「私の職業は……ぎ、吟遊詩人《ぎんゆう》？」

エルターくんに続き、またよく分からない職業が選択される。

「面白い職業っすね。歌詞《リリック》と楽音《メロディ》を作って各地で歌う――ま、音楽家ってところっすか」

シュベルトさんがそんな補足をしてくれるが……まさか音楽家とは。どちらにせよ試験の主役は部長だ。サポートに回ることが多いだろうし戦闘職でなくても文句はない。

「ただ歌詞と言われても俳句ぐらいしか……演奏もできないですけど……」

そんな言い訳をしつつ変身の時を待つ。全員がじっと見守ってくれているが――

「……え？」

静寂の中、頭上から鉛筆とノートだけがポトンと落ちてきた。

それを拾い上げる私、もちろん服装は制服のままで、いくら待てど後は何も起きない。

「……わ、私の変身って、鉛筆とノートだけ？」

呆然《ぼうぜん》として皆を見ると、全員バツが悪そうに目を逸《そ》らした。

「お、落ち込むのは早いよ絶花《ぜっか》ちゃん！　気持ちで勝負だよ！」「真の詩人は心で演奏するものです」「あー、なんかご愁傷様っす」「宮本、執事服なら貸すこともできるが……」

う、うぅ……ひどい！　私だけ仲間はずれ感！　鉛筆とノートでどう冒険しろと！

つく――衣装比べ、良《い》いな良いなあ、羨まし。字あまり。

「つあ！　絶花ちゃんが大量の俳句を書き始めた！　さすが吟遊詩人！」

「絶花は現実を受け入れられず、自分の世界に閉じこもってしまったようですね」

「どれも季語がなくて感情むき出しっす……って、へー、なかなか味のある歌詞っすよ」

「キミたち少しは彼女を慮《おもんぱか》れ！　ほら宮本……冒険はこれから本番なんだから……」

四者四様の反応を見せる中、遅れてきたように突然と私の身体《からだ》が光る。

目を開けると、私はフリルやレースがあしらわれた中世風の格好となっていた。

「こ、これは……！　あ、ウクレレみたいな楽器まで出てきました……！」

「良かったね宮本。どうやらシステムが読み込《ロード》みに時間が掛かっただけのようだよ」

エルターくんが安心したように肩に手を置く。他の皆も同じように喜んでくれるが……。

「ふーん、再現されたものとはいえ楽器もちゃんと鳴るっすね！」

「シュベルトライテ。チューニングが僅かにズレていますよ」

「お。よく分かったっすね。ドラゴンパワーの影響で鼻が良いとは聞いてましたけど」

「近頃は聴覚も良くなりました。常人に聞こえぬ小さな音でもわたしなら聞こえて――」

……うん、皆すぐにいつも通り、というかシュベルトさん演奏上手ですね。

「――さてと、全員準備できたことだし、そろそろ行こっか」

仕切り直すようにアヴィ部長が音頭《おんど》を取る。

「ベネムネ先生と……あのヒトが考えた試験だから一筋縄ではいかないと思う！　だけどオカ剣なら絶対クリアできる！　あたしもリーダーとして精一杯頑張るよ！」

自然と円陣を組み、部長から差し出された右手に、私たちも手を重ねる。

「ほら、エルも！」

「ぼ、ボクもですか……？」

「そりゃ一緒に冒険する仲間なんだから当然でしょ！」

リルベットもシュベルトさんも、仮とはいえパーティーを組むのだからと彼女を促す。

「よぉし、元気と根気とやる気！　張り切って冒険するぞー！」

「「「おー！」」」


―○●○―


地下への入り口はかなり大きい。ゲームということで便利に照明もついている。

まず目に入ってきたのは、古めかしいトロッコと、それを運ぶための線路。

古代遺跡という設定なので、過去の冒険者たちによって掘り起こされた、そういう世界観なのだろう……と、個人的な推測である。果たして線路はどこまで続いているのか。

「うひゃー、これ旧式の人力トロッコっすよ。しんどいんで絶対乗りたくないっすね」

「騎士として進言しますが、遺跡の危険度が未知となれば、徒歩での探索とすべきです」

それぞれの見地を聞いて、部長も歩いて最深部へ向かうと決めたようだ。

「ある程度固まって移動しよう！　どんな仕掛けがあるか分からないから慎重に――」

と、部長が言って踏み出した途端、彼女の足下からカチンと何か音がした。

「あ、あはは……さっそくやらかしたかも……ご、ごめんねぇ……」

ゴゴゴゴと、遺跡全体が地震にあったように震えている。

すると天井を突き破って、球体形の巨大岩石が落ちてくるではないか。

「に、に、逃げるよぉぉぉ――っ！」

岩石はグングンと勢いを増し、逃げる私たちを押しつぶそうと転がってくる。

「ハッ！　派手な開幕で良いではありませんか！　これぞ冒険の醍醐味《だいごみ》！」

「いきなり即死級トラップとか！　お宝のためにもこんな所で死ねないっす！」

「キミたち無闇に攻撃はするなよ！　遺跡ごと崩れて生き埋めになりかねない！」

「……下り坂、転がる岩と、我が生涯」

「絶花ちゃん！　俳句詠《よ》んでる場合じゃないよ！　みんな走れぇぇぇぇ！」

しかし迫り来る巨岩をなんとか避けたのも束《つか》の間《ま》――マグマの落とし穴、触れれば溶ける熱光線を巡《めぐ》らせた通路、爆発する宝箱など、他にも様々なトラップに遭うことになる。

私たちの冒険は、まさに熾烈《しれつ》の一途を辿《たど》ったのだった。

「――このダンジョン、ガチで僕らを殺す気っすよ！」

数々のトラップに苦戦しながら、ようやくの安全地帯にてシュベルトさんが叫んだ。

「これを考えたヒトは悪魔っす！」

「シュベルトライテ。このゲームの開発者は堕天使ですよ」

そんな冷静なツッコミも入るが、けれどここが安全地帯と言った通り、罠《わな》に遭う回数はめっきり減った――早計かもしれないが、トラップ・ゾーンはほぼ乗り切れたと言える。

「その代わりモンスターと遭う頻度が増えてるし……ぶ、部長、ここから先の相手はモンスターが主軸になるのかもしれません。だ、だから隊列とかを、その……って部長？」

恩人である彼女に偉そうなことは言えない。それでもなんとか頑張って意見を口にしようとする――のだが、肝心の部長はそれどころではないようで。

「ぜ、絶花ちゃんっ、まだまだ、余裕そうだね、息も全然切らして、ないし、」

「余裕というわけでは……でもお祖母《ばあ》ちゃんとの山籠《やまご》もりに比べればまだ……」

あれは何度も死にかけたというか、自分でも生き残れたのが不思議なくらいです。

「――お嬢様、ここから少しだけ先へ進んだ所に、水場があるようです」

パーティー内でも隠密に長けたエルターくんが、偵察から帰ってくる。

「ただ不審な物もあり………その、宝箱が……」

「うおぉぉ！　お宝ぁぁぁッッ！」

「シュベちゃんが急に元気になった⁉　ちょ、待っ——み、みんなも行こう！」

部長を先頭に追いかけていくと、そこにはボロボロになった庭園があった。

水があるためか植物まで自生しており、周囲はツタのようなもので覆われている。

宝箱は大天使を模した石像に抱えられていた……やけに爆乳なのが気になるけれど。

『はぁ、石のおっぱいなど斬ってもなぁ、皆目やる気が出んなぁ』

未《いま》だ活躍のない天聖が久しぶりの発言。私が部長のサポートを意識しているのもあるが、手にしている彼は、敵におっぱいがないのでずっとこの調子……真面目に働きなさい！

「——これまでは全部ハズレでしたけど、これはマジでお宝の匂いがするっすね」

舌舐《したな》めずりした盗賊は、衣装に付属していたポーチからピッキング道具を取り出す。

「透視の魔法は……跳ね返されるっすか。実はミミックとかいうオチも嫌ですし……」

宝箱だけ魔法で浮かべて運ぶのも、あれだけツタに絡《から》まっていると難しいだろう。

「こういう時は宮本《みやもと》さんのシックスセンスっす！　箱からお宝がある感じしますか⁉」

「待ちたまえ。安易に近づくのは危険だ。まずそんな無根拠な方法で確かめるのは……」

「宮本さんの勘は最強！　この前もコンビニでクジ引かせたらS賞を当てました！」

確かにビビッと来て当てましたけど……ほらエルターくんが溜息《ためいき》をついているし。

「えっと……私の直感だと……箱の中にはお宝があるって感じですけど……」

「よっしゃキタァァァ！　お宝は僕のもの――！」

ギャルキューレは一目散に宝箱の前へ行き、道具を使って解錠してしまう。

「くふふ。これでガチャも回し放題！　欲しかった限定版ブルーレイもゲットして――」

しかし彼女が宝箱を開けた途端、それを抱えていた大天使像が形を変化させる。

「っ！　植物のモンスター――ヒトでなく石像に化けて――アルラウネの亜種か！」

エルターくんが叫ぶが、植物は毒のようなものをシュベルトさんの顔面に噴射する。

「うぎゃー!?」「シュベちゃん！」

咄嗟《とっさ》に部長が腰にあった鞭《むち》を使い、シュベルトさんに巻き付けて強引に引っ張り出す。

私とリルベットが彼女を受け止め、その間にエルターくんがモンスターを倒した。

「大丈夫!?　怪我《けが》は……ないみたいだけど！」

倒れたシュベルトさんに全員が近寄り、その安否を確かめようとする。

「……ん、んん、わたくしは一体……たしか魔物に襲われ……」

良かった、どうやら意識もあるようで……え、わたくし？

「え、えーっと、シュベちゃん？」

「アモン様……そうですか、わたくしは皆様に助けられて……ご迷惑をおかけしました」

全員が言葉を失う。どちら様ですかこの乙女様は。

「しゅ、シュベルトライテ、わたしたちの前でおふざけは止めなさい！　いつものように『あざーっす！』とか『金っす金っすー！』と言えばいいのです！　さぁ！」

「……そのような無作法な言葉は使えません……それに金銀財宝にうつつを抜かすなどもってのほか……ヒトは欲を捨て、分かち合い助け合いで生きていくものです……」

普段とは真逆の言動に、鳥肌が立ったのかリルベットがブルブルと震えている。

「お嬢様、おそらくは先ほどの毒の影響で……」

するとシュベルトさんの頭上には『状態異常：混乱』と書かれたテキストが現れた。

「……すまない、ボクが宝箱があるなどと伝えたから……」

この混乱状態を治す術《すべ》を私たちは知らない。エルターくんが思わず俯《うつむ》いてしまう。

「……ううん。責任があるのはリーダーのあたしだよ。エルは悪くない」

「ええ、貴公に落ち度はありません。悪いのは闇雲に金へ走った彼女自身です」

「わ、私も、宝箱だけじゃなくて、石像まで疑えば良かったです……」

ここで落ち込みっぱなしでは先に進めない。

私たちは今後の流れを話し合ってから、再び冒険を再開することになるのだった。

「――サラマンダーだよ！」「――フレイムゴーレムです！」「――もしや鬼火というやつ

でしょうか！」「――か、かか、火炎放射器を持ったゴブリン軍団です！」

道中の戦闘は苛烈を極めた。その中でも一番厄介だったのはスライムである。

なんとこれは服だけを溶かす特性を持っていたのだ！　そんな馬鹿な！

とにかく絶対に触れてはいけない……のだが。

「ハッハッハ！　脆《もろ》い脆い！　わたしの炎に焼き尽くされなさい！」

個々の戦闘力は低いので、倒すのが爽快だとリルベットが前に出すぎる。

あとはご想像通り。彼女はスライムの粘液を一身に浴びて、装備を溶かされてしまう。

「し、下着まで……！　ネバネバして気持ち悪いですね……う、顔に掛かりました！」

しかも追い打ちを掛けるように触手まで現れ、露《あら》わになったその白肌へと絡みつく。

「モンスターごときが騎士を辱《はずかし》めるなど許さな……おい、どこを触って……んっ！」

私も助けたいが他のモンスターもいてすぐには近づけない。

と、というか、あまりにエッチすぎるというか……おっぱいなんて丸見えですし！

「このまま純潔を散らすぐらいなら……くっ、殺せ！　煮るなり焼くなり好きにしろ！」

悔しさに吠《ほ》えるものの、それを嘲笑《あざわら》うように、触手はより執拗《しつよう》に女体を這《は》っていく。

リルベットは何かスイッチでも入ったのか、なぜかされるがままで……ご、ゴクリ。

「――いつまで遊んでいるんだキミは！」

瞬間、スライムも触手も、エルターくんによって細切れにされてしまう。

「……遊んでいたわけではありません。わたしは騎士として必死に抵抗していました」

「どこがだい！　魔力で服を作るからすぐに着る！　宮本もチラチラ見るんじゃない！」

み、みみ、見てなんかいませんよ！　たまたま視界に入っただけです！

そんな風にモンスターに苦戦しつつも、実はパーティーの連係に問題もあり――

「シュベちゃんも加勢できない⁉　一応は戦乙女なんだよね⁉」

「ひゃう……わ、わたくしはヴァルハラの劣等生……戦うなどとても……」

ご覧の通り、シュベルトさんときたら、途中でモンスターが出ても「きゃ！」「いやぁ！」とか叫んで隠れてしまう……というか北欧では落ちこぼれ⁉　初耳ですよ⁉

それにしても、やけに火に関係のあるモンスターばかりのような――そういえばトラップに関しても、マグマや熱などの仕掛けが目立った気がするし。

とにかく私たちは足下に敷かれた線路を頼りに、無我夢中で最深部を目指すのだった。

「む。この気配は……」

しばらく進んだところで、リルベットが鼻をくんくんと動かしている。

彼女に先導してもらって進むと、先には地下とは思えないほど広大な空間があった。

入り口の岩陰に隠れ、全員で中の様子をこっそり窺《うかが》ってみる。

「……氷雪龍《ブリザード・ドラゴン》」

エルターくんが強《こわ》ばった声でその正体を述べる。

目の先に鎮座していたのは、巨大な体軀《たいく》を持つ水色のドラゴンだった。

「な、なんか、急に寒くなった気がするねっ」

「お嬢様、あれはドラゴンの中でも高位種族。存在するだけで場に影響をもたらします」

となると、あれが大秘宝を守る不死身の番人なのだろうか。

「――彼《か》の者は、強敵であれど、この遺跡の番人にあらず」

リルベットが真剣な目つきで告げる。

「あ、あれが中ボスってこと⁉　嘘《うそ》でしょリルちゃん⁉」

「わたしの中の邪龍《じゃりゅう》がそう知らせるのですよ。それにこれまで火に関連したトラップやモンスターが続きました――なのに最後の敵だけが氷雪というのは、美しくありません」

確かに世界観的には違和感しかない。本当にゲームならラスボスは火炎であるべきだ。

「ボクの提案だけど、ひとまずは別のルートを探して――」

「――わたしは英雄ダルタニャンが末裔《まつえい》、リルベット・D・リュネール！」

急に立ち上がった騎士様！　ドラゴンへ宣戦布告！　みんな唖然《あぜん》とするしかない！

「――てっきり逃げるのかと思いましたよ、冒険者殿」

リルベットを見た氷雪龍が薄《うっす》らと口角を上げ、とても紳士的な口調で言葉を発する。

「世迷《よま》い言《ごと》を。騎士道は真っ向勝負。ましてこのわたしがドラゴンから逃げるなどと」

愛剣を抜いて切っ先をドラゴンへと向ける彼女に、エルターくんの怒号が飛ぶ。

「な、なんでキミは勝手に動くんだ！」

「騎士とドラゴンが戦うのは宿命！　これが我が英雄譚《たん》の一ページとなるのです！」

フハハハハと哄笑《こうしょう》するリルベット。悪役みたいな笑い方だなと思ったのは秘密だ。

「ふ、ふざけてないで戻ってくるんだ！　ここは一度策を練って――」

苛立《いらだ》つエルターくんに、リルベットは一転して真剣な口調で答えた。

「これは試験です。我々に都合の良《い》い道など、端《はな》から用意されていませんよ」

「分かっている！　しかし手負いのシュベルトライテさんもいる！　だから――」

「だからこそ、真《ま》っ直《す》ぐに進むのです」

リルベットは眼帯に手を触れ、やはり威風堂々と言葉を紡《つむ》ぐ。

「この先に待つ不死身の番人へは、力を温存した状態で挑まなければ勝機はありません」

「まさか……キミがドラゴンと、一人で戦うというのか……」

「一対一の決闘となれば、シュベルトライテがいても安全に先に進める――無論それは、こちらのお方が、騎士道に通ずるような高潔な精神を持っていればですが」

ニヤッと視線を氷雪龍へと移すリルベット。

「――いいでしょう。騎士殿の要求を受け入れます。他の者は通りなさい」

こうなった彼女は止められない。私たちにできるのはこの騎士を信じることだけだ。

「エルター・プルスラス」

私、シュベルトさん、そして部長と通り過ぎる中、リルベットは彼女を呼び止めた。

「わたしは貴公のことを好いてはいなかった。しかしこの冒険で貴公の心を少しだけ知ることができた――それすなわち、仲間のために戦おうとする勇志があることです」

「勇志だなんて……ボクは仕事だからやってるだけで……」

「口でなんと言おうと、剣は雄弁に想《おも》いを語る――信用していますよ」

エルターくんは少し迷って、それでも最後にはしっかりと頷《うなず》く。

仲間たちが全員進み、残った少女が高らかにその気持ちを轟《とどろ》かせる。

「相手にとって不足なし！　我が騎士道にも曇りなし！　いざ尋常に勝負です――！」


―○●○―

氷雪龍の間を抜けてしばらく進むと、私たちはやけに静かな空間へと辿《たど》り着《つ》く。

「あ！　空中に『セーブポイント』って表示されたよ！　ほら見てシュベちゃん！」

途中で歩けなくなった混乱状態のギャル、彼女を背負っていた部長が元気よく発する。

「でもドラゴン戦の後にセーブって遅くない⁉　負けてたら最初からだったってこと⁉」

「おぶられている身で申し上げるのも恐縮ですが、クソゲーでございますね」

さすが乙女になってもシュベルトさん、どストレートな評価である……まぁ同意はしますけども。ちなみに部屋の隅には木箱があり、中には食料や飲料が用意されていた。

「どうしたんだ宮本《みやもと》、さっきから地面を見て……足下が気になるのかい？」

「その、ずっと道しるべにしてきた線路が、ここで途切れているので」

レールの上にトロッコも駐《と》まっているが、状態を見るに長く放置されているようだ。

「ふむ。このゲームの世界観を鑑《かんが》みると、過去の冒険者たちは、ここを最後の拠点に先に進むことができなかった――つまり、不死身の番人《ラスボス》の存在が近いということろかな」

「で、ですよね、わざわざセーブポイントが設けられてるぐらいですし……」

トラップやモンスターの気配もない。適度に休んで決戦に臨めということだ。

「――シュベちゃん、慌てなくていいからね、ゆっくり飲んで――」

部長が穏やかな口調で、か弱くなったシュベルトさんの面倒を見ている。

彼女の混乱状態は回復していない。さて現状のままラスボスと戦えるかだが……。

「お嬢様、ご相談なのですが――」

全員で小休止した後、どこか緊張した面持ちでエルターくんが口を開く。

「今後の戦闘を考慮すると、シュベルトライテさんは、心苦しいですがここに置い――」

「うん。連れてかないよ。このセーブポイントで待機してもらう」

執事が言い切る前に、部長はきっぱりと決断を下した。

「い、良いのですか？　てっきりボクは大反対されるとばかり……」

「シュベちゃんの安全を考えればそれが一番だから。そもそも混乱状態になったのもリーダーであるあたしに責任があるし……最後まで付いてきて、とは言えないよね」

部長は笑って誤魔化しつつも、至らない自分を恥じているようだった。

「それに！　この後リルちゃんも来るはず！　だったら中継役はいないと！」

気丈に振る舞う彼女だが、その表情には僅かに陰りが見える。

「――現実は、甘くないということです」

どこからか突然した声に、私たちは一斉に立ち上がった。

「し、シエストさん⁉」

なんと私たちの前に現れたのは、ゲームの仕掛け人である部長のお母さんだった。

「……なにしに来たの……まだ試験は終わってないよ」

「ずっと外から観《み》ていましたが、リタイアを勧める時機だと判断しました」

「リタイア？　まだあたしは続けるよ。このままなんとか――」

「いい加減に理解なさい。気持ちだけで突っ走った結果がこれです」

五人いたはずのパーティーは、今やラスボス戦に挑めるのは三人だけだ。

「――一生のうちにセーブポイントなどない。やり直しはできません」

この先にいる番人は強敵だ、仲間のためにもリタイアをしろと暗に諭す。

「……あたし……は……」

反論できず俯《うつむ》いてしまった部長。まさかこのまま諦めるなんて言うんじゃ――

「ボクはまだ戦えます」

私が何か言うよりも先に、エルターくんが唐突に口を開いた。

「宮本もそうだろう？　狭いフィールドでまったく全力を出せていないはずでは？」

「……！　もちろん戦えます！　むしろ中途半端《ちゅうとはんぱ》で消化不良ですっ！」

私たち二人だけじゃない、ずっと怯《おび》えていたシュベルトさんも声を上げる。

「ア、アモン様、わたくしは戦えませんが、信じてお待ちすることはできます」

「シュベちゃん……」

「あなたはわたくしを見捨てなかった。アモン様も自分の想いを捨てないでください」

皆に背を押され、部長がゆっくりと顔を上げる。

「あたしって本当にダメだ。これから戦おうってのに——気持ちで負けてたね」

部長は改めてシエストさんに宣言する。

「リタイアなんかしない。あたしは諦めずに進むよ」

そう言って彼女は足を踏み出す。私たちもそれに従うように歩き出す。

「…………………」

シエストさんは無言だった。その表情がどこか心配そうだったのは見間違いだろうか。

三人でセーブポイントを抜けてすぐ、部長が背を押した私たちに感謝を述べた。

「お嬢様に続投の意思がありましたので。それにボクは習ったことを実行したまでです」

彼女は平然と言うが、習ったこと……はて、部長が彼女に何か教えただろうか。

「設定上、この遺跡は学園の地下にある、つまり学校の一部とも言える」

ならばと、彼女は少しだけ口角を上げて述べる。

「——学校では、自分がやりたいことをやればいい」

番人の間に向かう途中、部長は家族の話をしてくれた。

「——あたしとあのヒトね、本当の親子じゃないんだ」

エルターくんも初耳のようで、私たちは歩きながらも真剣に耳を傾ける。

「あたしのお母さんはアモン家の使用人だった。それからお妾《めかけ》さんってのになったわけ。兄が二人いるけど異母兄弟になるわけだから、その血は半分しか繋《つな》がってないね」

「ではシエスト様とお嬢様は……」

「そ。あのヒトとは完全に血が繋がってない。建前的に母親になってるってだけ」

「それじゃあ、アヴィ部長の、実のお母さんは……」

今どこで何をしているのか。彼女は虚空《こくう》の一点を見つめながら答える。

「病気で、死んじゃった」

「っ！　す、すみません……」

「ふふ。絶花《ぜっか》ちゃんが謝ることないでしょ」

部長は気にしないでいいよと健気《けなげ》に振る舞う。

「もともと身体《からだ》が弱いヒトだったけど、いわゆる不治の病ってやつに罹《かか》ってさ。最期《さいご》はシトリー家の病院にずっと入院してた……あ、ちなみにソーナさんとはそこで知り合ったんだよ！　この学園への入学や、あたしの住む場所、全部ソーナさんが助けてくれてね！」

ソーナ会長がどれだけすごい人物なのか、部長はやや興奮気味に語っている。

「人間界に行くと話した際、親御様──シエスト様は反対されたのですか？」

「大反対だよ！　家を出ることは許しませんって！　喧嘩《けんか》というか戦争！　お兄ちゃ……お兄様たちが間に入ってくれなきゃ、お母さんと同じ病院で入院してたかも！」

彼女は上手《うま》いこと言ったという顔だが、さすがに笑うことのできない冗談である。

「で、でも、亡《な》くなられる前は、皆さん仲が良かったとかは……」

シエストさんはともかく、お兄さんたちに対しては部長が嫌っている節はない。

「入院する前……まだお母さんが元気で、あたしが小さかった頃は、本邸とは離れた場所で生活してた。というかそうするよう命じられた。兄たちはときどきコッソリ遊びに来てくれたけど、父親やあのヒトはほとんど会いに来なかったね」

しかも外出は禁止されていたそうで、二人はほぼ軟禁状態だったと察せられる。

「な、なんでそんな厳しく……」

「そりゃ大貴族のメンツじゃない？　妾とその子を表に出すわけにはいかないとか？」

日本と冥界の政治は違う。誰しも平等と言われて育つ現代日本の価値観は通じない。

「……でも一番許せないのは、隔離の生活をさせられたことでも、学園に行くことを大反対されたことでもない」

部長は強い意志を瞳に宿す。

「あのヒトは、お母さんが死んだ時、遺品をなにも残さなかったんだよ」

……なにも、残さない？

「お母さんとあたしが暮らした家も、お母さんの服や靴も、お母さんの日記も、なにもかも処分した——そして、墓標も作らなかった」

言葉が、出てこなかった。

いくら貴族といえど、いくら妾といえど、弔いすらしないものなのだろうか。

「——お母さんが生きた証《あかし》は、もうどこにもない」

部長は胸元を押さえて言う。まるで自分の心の中にしか母がいないと示すように。

「……お母さん、そんなに悪いことしたのかな。そりゃ妾って邪魔者なのかもだけどさ。それでも頑張って生きてたんだ。あたしのことを一生懸命に育ててくれたんだよ」

怒りなのか悲しみなのか。部長の声はわずかに震えていた。

「お母さんが遺《のこ》したものがあるとすれば、それは娘であるあたしだけ」

彼女は面を上げる。そして決意に満ちた表情で宣言した。

「だから決めたんだ。お母さんが教えてくれた剣で最強になるって。レーティングゲームで活躍するって——そうすれば、お母さんが生きた証を残すことができる」

部長がアモン家の特性を避け、悪魔の力にこだわらない理由が、ようやく分かる。

彼女はお母さんのために証明したいのだ。

母のことを忘れるな。母の一生は無駄ではなかったのだと。

「……まぁ、あたしの話はこんなところかなっ！」

部長が勢いよく話を締める。そしていつもの満天笑顔を見せた。

「諦めなければ可能性は無限大！　お母さんのその教えを信じてあたしは進むのみ！　といってもさっきは挫《くじ》けかけたけどね！　あはは！」

彼女は盛大に笑声を上げ、それから真面目な目で私たちを見る。

「ごめんね二人とも！　なかなか言い出せなくて！　あたしたち仲間なのにさ！」

彼女は私たちを巻き込みながらも、真相を黙っていたことを気にしていたようだ。

「でも聞いてくれてスッキリした！　だからありがとう！　そして今後もよろしく！」

あまりに眩《まぶ》しいその姿に、私はすんなりと応えることはできなかった。

彼女がそんな想《おも》いを秘めているなんて、思ってもいなかったのである。

「宮本」

やっぱり上手く言葉が出てこない私に、エルターくんが決意を露《あら》わにする。

彼女もまた生まれに翻弄された悪魔。部長の話を聞いて静かな闘志を宿していた。

「――お嬢様のために、勝つぞ」

―○●○―


最深部は神殿のような広い空間であり、奥には一段高く玉座が設けられていた。

「――よくぞここまで辿《たど》り着《つ》いたな、愚かなる冒険者どもよ！」

玉座に座すは仮面をつけた男で、立ち上がると肩からマントがはためく。

「我が名は炎帝フェネクス！　この遺跡を守護する不死身の番人なり！」

バァァァン！　男の背後で派手な爆発が起きる。

見た目も口調も見事な悪役であり、私たちは戦闘意識をより鋭くするが――

「つふ、未熟な小娘たちだとは聞いて……いや一人男が交ざっているって話だったよな、脱落したのか……どう見ても全員美少女だぞ……特にあの黒髪のおっぱいは相当な……」

私たちの敵意など意に介さず、ブツブツとおっぱいがどうこうと呟いている。

あ、あれ、ラスボスなんですよね？　私たちこれから戦うんですよね？

「赤龍帝《せきりゅうてい》がプレイしたゲームだからと言われ、こんな仮面までつけて参加してみたが……悪くない趣向だ！　レーティングゲーム復帰前に早くもツキが回ってきたらしい！」

はっはっはっはっは、と何やら一人で盛り上がっている。

「あの！　レーティングゲームって言いましたけど、もしかしてプロの方ですか！」

「キミがアヴィ・アモンか。俺は名門フェニッ――……」

と言いかけて、彼はハッと何かを思い出したように態度を改める。

「我が名は炎帝フェネクス！　この遺跡を守護する不死身の番人なり！」

誤魔化した！　しかも背後でまた爆発！　微妙に演技が甘くないですか！

「予想外に美少女揃《ぞろ》いで戸惑ったが、貴様らとお喋《しゃべ》りに興じるのもここまでだ」

炎帝は西洋剣を取り出すと右手に構える。しかし恐るべきは身に纏《まと》ったそのオーラ。

弛緩《しかん》していた空気が一変、瞬《また》く間《ま》に戦場へと変わる……このヒト、かなりの手練《てだ》れ！

「――だったら先手を取るまで！」

音もなく踊り子が炎帝に近づくと、刃で彼の四肢を切断する……完璧な不意打ちだ！

しかしエルターくんは容赦がない、いくら試験とはいえやりすぎで――

「――足りないな」

刹那、炎帝の身体が炎で燃え上がった。

「炎で身体が再生されていく……まさかその能力は……お嬢様、お気を付けください！」

不死身。目の前で起こった現象を説明するにはこれしかない。

「宮本《みやもと》ッ！　お嬢様の前に出ろ！　一切手加減はするな！　この方の正体はあの――」

しかし炎帝からすさまじい炎が周囲に放たれ、それは最後まで聞き取れない。

代わりに灼熱《しゃくねつ》の世界の中心から、完全復活を遂げた男が声を発する。

「貴様らに教えてやろう——」

彼は仮面の位置を直した後、剣の切っ先をアヴィ部長に向ける。

「——全てを燃やす我が業火《ごうか》、その強さと恐ろしさを」


三対一という数の有利は、炎帝の戦闘力の前では大きな意味をなさない。

「——未熟だな。もっと魔力を練り上げろ。熱で呼吸すらできなくなるぞ」

彼は部長を剣で圧倒、叩《たた》き飛ばしながら彼女の不足さえも指摘する。

「——踊り子は殺気を出し過ぎだ、ゆえに動きを読むことも容易《たやす》い」

死角を突いたエルターくんだが、炎帝は難なくカウンターを合わせてみせる。

「そしておっぱい娘……いや吟遊詩人だったか、こいつがダントツで厄介か……」

炎帝の刃と、天聖の刃、燃えさかるフィールドを剣戟《けんげき》の火花が激しく散る。

「——中坊の実力とは思えな——ってはなく！　貴様には火力を上げねばなるまい！」

一瞬だけ素に戻ったように見えたが、すぐさま巨大な炎球が放たれる。

「ぜ、絶花ちゃん！」

私が危機だと察知した部長が、助けようと強引に割り込んでくる。

――っ！　部長がいて炎を斬れない！　せっかく詰めた間合いがッ――

私の戦術が正しいとしても、まさか彼女に邪魔だなどと言えるわけがない。

その葛藤の隙を炎帝が見逃すはずもなく、大きく後退させられ炎の壁で足止めされる。

「……これだと一騎打ちに……部長！」

相手は不死身。明確な勝利方法はまだ見つかっていない現状だ。

私の脳内には攻略の草案があるが……とても危険だし現実的とは言えない。

「――どうした、貴様の力はその程度か！」

フィールドの中央で、部長はひたすら炎帝に押され続ける。

「――闇雲に攻めても消耗をするだけだぞ」「っぐ！」「――少しは相手の弱点でも探るのだな」「そんな、余裕、」「――勝利の条件は何だ。上に立つならば考え続けろ！」

文字通り大人対子供。炎帝に指導されているようにさえ見えてしまう。

必死に食らいつく部長は、やっと短剣の先が相手の頬を掠《かす》めそうに……。

「――悪いが姿を明かせない設定だ、この仮面だけは外せない――」

しかしチャンスも空《むな》しく、部長はこちらに吹っ飛ばされ、炎帝は仮面の位置を微調整。

彼女はボロボロになりながらも、なんとか立ち上がろうと力を振り絞る。

「……あたしは、まだやれる……！」

「その心意気や良し。だがこの間にも仲間へ指示は出せ。実戦で敵は待ってくれないぞ」

「わ、分かって……ラスボスなのに、先生みたいな……加減もして、優しいです、ね！」

自分が徹底的にナメられていると知って、悔しさをバネに完全に姿勢を起こす。

「──我が手を抜いている？　むしろ手抜きをしているのは貴様の方だろう？」

炎帝フェネクスは、部長の甘さを鋭く指摘する。

「貴様は悪魔だろう？　なぜ魔力をもっと使わない？　なぜ特性をかたくなに拒む？」

「それは……あの家の力は嫌だから……あたしは剣だけで……」

「事情は知らんが貴族社会に理不尽はつきものだ。そして勝負の世界は実力が全て──本当に勝ちたいのであれば乗り越えろ。魔力も特性もそれは貴様のための力だ」

「乗り越えろって……そもそも、あたしに悪魔としての才は……」

震える手で剣を握った部長、それを見て炎帝はピシャリと告げる。

「──キミに足りないのは根性ではなく、己の才能を過信することだな」

キザな口調ながらも、どこか憂いを帯びた言葉に、部長が瞳を困惑に染める。

「俺はな、努力が嫌いなんだよ」

炎帝は、いやおそらく部長と同じ悪魔である彼は、一転して力のこもった声で述べる。

「泥臭い根性が必要だとは散々思い知らされてる。だがそれが受け継いだ血統や才能を否定する理由にはならない──むしろ思う存分に使ってやるのが、持った者の矜持《きょうじ》だ」

「……持った者の、矜持……」

「俺たち貴族の力はな、両親が、先祖が、命がけでずっと守り続けてきたものなんだよ──だから俺は才能を過信する。汗臭い努力よりもこいつを強く信じて突き進むんだ」

才能は贈り物だが万能ではない。花が咲くかどうかは自分次第だと彼は結ぶ。

「アヴィ・アモン、上級悪魔にとって一番大切なものは何だと思う？」

「えっ、急に、それは、努力と根性……でも血統とか才能も……」

「確かにどれも重要だな。他にも眷属《けんぞく》や民衆を導く器量も求められるだろう」

しかし、と男は熱く滾《たぎ》る言葉をもってその上を行く。

「最後に上級悪魔を上級悪魔たらしめるもの──それは、想いの強さだ」

教科書には載っていない、あくまで持論だがなと彼は頬を緩めた。

「かつて俺を倒すために、好きな女を手に入れるためだけに、悪魔でありながら十字架と聖水を武器にし、挙げ句の果てにはドラゴンに身体《からだ》を喰《く》わせた大馬鹿がいた。みっともなくて仕方なかったが──心底かっこよかったぜ。あの時に受けた拳は今でも忘れられん」

自分が負けた話でありながら、彼は嬉《うれ》しそうにその思い出を語った。

「キミにも夢や目標があるはずだ。だったらアイツみたいに覚悟を決めないとな」

向けられる言葉にただただ聞き入っていた部長に、男は自信たっぷりに宣言する。

「ありったけの想いをぶつけてこい――安心しろ、この俺が必ず受け止めてやる」

キザな口調ながらも溢《あふ》れる真摯さ。相対する彼は悪役ながらひどく高潔に見えた。

「…………かっこいいなぁ」

まるでヒーローを見つけた子供のように、彼女はポツリとそう呟《つぶや》いた。

「……あたしの才能、か」

事情は関係ない、勝負の世界は実力が全て、部長は言われたことを思い出して拳を握る。

「絶花《ぜっか》ちゃん、エル――今、あたし、すごくこのヒトに勝ちたい」

まるで熱に浮かされたように、以前よりもっと燃える瞳、震える声帯から想いが迸《ほとばし》る。

「試験のこと、家族のこと、自分のこと、正直グチャグチャなんだけどさ――あたしの心が叫ぶんだ、思いっきり戦えって、このヒト相手にどこまで行けるか知りたいって」

しかし一人では敵《かな》わない。それを十分に承知しているからこそ彼女は叫ぶ。

「だから二人ともお願い！　あたしと一緒に突っ走ってほしい！」

たとえ前のめりだろうと、一人でなく全員で走れば何かが起きるかもしれない。

私とエルターくんは顔を見合わせ、それから一つ笑って元気よく頷《うなず》いた。

「――炎帝フェネクス！　あなたに勝つよ！」

「――来るがいい冒険者！　その想いの熱さを見せてみろ！」


―○●○―


フィールドで衝突する四人の戦い。

部長は大雑把ながらも明確に指示を下すようになり、戦局はようやく拮抗《きっこう》を見せていた。

「――そら、首が飛ぶぞ！」「――これぐらいっ！」

炎帝の剣が彼女に迫るが、背に翼を生やしてそれを回避……部長の翼、初めて見た！

「お嬢様が後退した！　炎だけを一掃する！　合わせて切り込め宮本っ！」

空中に飛翔《ひしょう》したエルターくんが、両手からすさまじい魔力弾の嵐を降らせた。

拓《ひら》かれた道を強行突破、私は相手の身体を片っ端から切断していき、最後に顔面を――

「ッチ！　貴様の動きだけは読みにくくて仕方ない！」

炎帝は笑いながらも舌打ちをし、顔だけはキッチリとガードをして距離を取る。

「……不死身なのに、さっきから頭部だけ……そこだけは再生できない……いや……」

そこで私は追想する――設定で仮面は外せない、そう彼は何度か口にしていたことを。

「部長！　炎帝の弱点は……」

「仮面でしょ！　弱点を探せって言われて考えてたよ！」

炎に邪魔されながらも、私たち三人は集結、得物を構えながら相手を見据える。

「ようやく、パーティーらしくなったな」

不死身の番人、その弱点を看破されてなお、彼は余裕の態度を崩さない。

「お嬢様、ご指示を。どのように攻めますか」

「絶花ちゃんが突撃して大暴れ！　エルが援護！　最後に仮面をあたしが斬る！」

ざっくばらんとしてるなぁ。まぁ分かりやすくて良いですけど！

「――さて、そう上手《うま》くいくかな冒険者ども」

すると炎帝が剣を捨てた、そして両拳を前に構える。

「魔力で炎を操っているとはいえ、本気を出すと並の武器では溶けてしまうのでな」

つまり拳で戦うのが彼本来の戦闘スタイル……道理で私が剣で圧倒できるわけだ。

「「「――――!?」」」

本気、それを証明するように炎帝の纏うオーラが爆発的に増える。

背には燃える翼が生まれ、背後に揺らめく炎の形はまるで……。

「不死鳥《フェニックス》」

エルターくんが全員の思いを代弁する。

炎帝はニヤリと笑った後、圧倒的なプレッシャーと共に巨大な炎を放つ。

「我が一族の業火、その身で受けて燃えつきろッッッ――！」

大地を炎が埋め尽くし、一帯を燃やし尽くしていく、私たちもそれに呑《の》まれて。

「――ほう、なんとか防いだか」

しかし自分たちの前には大きな岩の壁があった。

私が寸前で床を四角に斬って蹴り上げ、二人が魔力で防御力を上げてくれたのだ。

「フィールドを壊しすぎるなと言われていたが、これは致し方ないな――」

炎帝の魔力がもう数段回上昇する……まだ上があるんですか！

「お嬢様！　周囲も炎に包まれています！　進路も退路もありません！」

「じ、持久戦は特に厳しいです、魔力や闘気で耐えるのも限界がありますからっ！」

一撃目は防げたが、これからの二撃目を防ぐのは難しいと悟る。

「ボクには打開策がない……宮本《みやもと》、噂《うわさ》のおっぱいパワーで何とかできないか……！」

「炎帝が女性だったら、天聖も力を使えたんですけど……！」

熱さと焦りで汗《あせ》を流す私たちだが、部長は黙って考えて一つの指示を出す。

「――絶花ちゃん、楽器弾いてよ」

一体どういうつもりか、そう問い返すよりも早く、彼女は重ねるように述べた。

「可能性に賭けてみよう！　それに決戦には盛り上がるBGMがないとね！」

他に手立ても思いつかないのだ、やるしかないと私は楽器の弦を弾いてみせる。

「……イマイチだな。もっと練習しろよ」

ここで炎帝からの無情な評価！　これが初めてなんですから許してください！

「お遊びに付き合うつもりはない！」

特大の炎が今まさに放たれようとして――って、私はいつまで演奏していれば⁉

「っ⁉　なんだこの揺れは⁉」

ここで急に空間が激しく震動する。そして部長が言った可能性は斜め上から現れた。

「――フハハ！　リルベット・D・リュネール、華麗に推参っ！」

崩壊する天井、その中から金髪騎士が……って、氷雪龍まで一緒に来た⁉

「――急に壁や床を破壊したかと思えば！　どこに行こうと逃がしませんよ騎士殿！」

水色のドラゴンは、口元から強大な氷のブレスを彼女目がけて放つ。

「笑止千万！　騎士が逃げるはずもなし！　わたしは呼ばれたから来たまでのこと！」

リルベットが龍翼をはためかせ避ける。躱《かわ》されたブレスはそのまま地面へ着弾。

すると炎で支配されていたフィールドが、瞬《また》く間《ま》に凍り付いてしまう。

「……み、道が、出来た」

部長は皆のことをよく見ている。シュベルトさんとリルベットの他愛《たわい》ないやり取り――

彼女が邪龍《じゃりゅう》の呪いの影響で、遠くの音さえも感知できることを覚えていたのだ。

「今だ！　さっきの作戦通り行くよ！　絶花ちゃん！　エル！」

おそらく彼女は、氷雪龍を呼び込み、場を凍らせようとまでは考えていなかったはず。

しかし仲間が来れば何かが起きる、そう信じてリルベットを呼んだのである。

「ライ……炎帝フェネクス殿！」「貴公の相手はこのわたしだァ！」

上空ではドラゴン同士の戦い、その下を私が猛スピードで駆け抜ける。

「――突撃して――大暴れ、でしたよね――！」

闘気で加速して先陣を務める。邪魔な残炎はエルターくんが相殺《そうさい》してくれた。

「まさかこんな強引な手で――……！」

珍しく炎帝は動揺を見せ、私の動きにコンマ数秒だけ対応が遅れる。

彼の拳は私の服を消し飛ばすだけ、その炎は闘気を帯びた肌までは届かない。

「おっぱいで惑わされる我ではな……っく、もう少しで見え……！」

なぜか集中が切れたその隙に、彼の右腕と纏《まと》っていた炎を切り裂く。

炎帝は体勢を崩しつつも、さすがの対応力で、強烈な蹴りを放ち私を後退させる。

だが己の役目はあくまで先陣、入れ替わるようにピンクの髪が前を行く。

「──絶花ちゃんがくれたチャンス、ここで決めるッッ！」

彼の再生はまだ半分ほど。強引に間合いに入った部長が短剣を振るった。

その切っ先は、間違いなく仮面に届い──

「俺だってなぁ、嫌で仕方ないが根性鍛えてるんだぜッッ！」

飛び込んだ部長の顔面に、炎帝は寸前で左拳のカウンターを合わせようとする。

ま、まずい！　ほんの数センチ、ごく僅かなリーチの差で先に部長がやられる！

「あたしも、勝ちたい、強くなりたい、もし才能があるってのなら……！」

部長は空いた左手を突き出し、魔力で障壁のようなものを展開する。

「っ！　アモン家の特性『盾』か！　やっと覚悟を決めたようだなッ！」

炎帝が嬉々《きき》として叫んだ。もし盾がカウンターを防げれば刃が届く！

「う、まず……!?」

しかし盾は一瞬だけ形になってすぐ消えてしまう。

まったく鍛錬してこなかった能力、ぶっつけ本番での成功は無理があったのだ。

「お嬢様！」

絶体絶命の状況、そこに翼で高速移動するエルターくんが突っ込む。

そのまま男の燃える腕にしがみつき、文字通り身を挺《てい》して主人を守ろうとする。

「俺の炎を直《じか》に⁉　おまえ死ぬ気か⁉」

「ボクは、執事だ……！　役目は、まっとうする……！」

——真の目的はお嬢様の護衛だよ——これまで失敗した任務はないんだ——

彼女は自分が焼かれることを承知で、主人に道を作り上げたのである。

そして男が視線を上げた時には、炎を突き破って迫る少女の刃があった。

「アヴィ・アモン……！」

彼女の短剣が仮面を切り裂き、隠されていた素顔が露《あら》わになる。

やや目つきの鋭い青年は、残火に彩《いろど》られた小さき剣士を見て笑う。

「——俺の負けだな。投了《リザイン》だ」

三人でやっと倒すことができた番人、彼は部長に秘宝——輝く杯を渡した。

「それは俺の一族が儀式で使う杯のレプリカ。トロフィーとでも思って取っておけ」

それからと、彼はエルターくんに薬品らしい液体の入った瓶を渡す。

「このままだと火傷《やけど》が残る。一応『フェニックスの涙』を一つ持ってきて正解だった」

「フェニックスの涙……ならやはり、あなたは……」

彼はそれ以上は聞くなと、踵《きびす》を返《かえ》しどこかへ去ろうとする。

「あ、あのっ……！」

それを呼び止めたのは、ボロボロになった部長だった。

「あ、ありがとうございました！　なんて言ったらいいのか、あたし……あたし……」

きっと色々な感情が交ざっているのだろう。どうしても先が続かない。

「特性『盾』の失敗は大きかったな」

「え」

「魔力の操作が稚拙なんだ。なによりイメージする力が圧倒的に足りてない」

「う……」

「だが最後におまえは才能を過信した。勝つためになりふり構わず突っ込んできた」

彼は振り返ると、やっぱりキザに笑って告げた。

「このライザー・フェニックスが認めてやる――あれは、かっこ良かったぞ」

部長は誉《ほ》められると思っていなかったのか、胸一杯という感じに表情を輝かせる。

「は……はいっ！　あたしもっと頑張ります！　本当にありがとうございました！」

「つふ、感謝するのはいいけどな、これでゲームが終わったわけじゃない」

彼はそう肩を竦《すく》めたが、秘宝は手に入れたし、これで試験は――と、その時、遺跡全体が今までないくらい大きく揺れる。天井も壁も堰《せき》を切ったように崩れ始めた。

「ただでさえ激しく戦ったのに、あのドラゴン娘の登場で決定打だったな」

崩壊を始める遺跡、そして部長は思い出したように「あっ！」と声を上げて。

「ゲームのクリア条件、秘宝を手に入れて、無事に地上へ帰る……こと」

そ、そうだった！　このまま生き埋めになったら——不合格だ！

「み、みんな！　急いで脱出するよ！」

部長が慌てて走って……転んじゃった！　エルターくんもフラフラだよ！

というかリルベットはどこに行った⁉　あ、隅で氷雪龍とお喋《しゃべ》りしてるし！

「——じゃあな、アヴィ・アモン、いずれプロの世界で会おう」

気づいた時には炎帝……いやライザー・フェニックスさんの姿はどこにもなかった。

立つ不死鳥、跡を濁さず、後知るか。また字が余っちゃいましたね。

「気合いで走るよぉぉぉぉぉ！　突っ走れぇぇぇぇぇぇぇぇぇぇぇ！」

諦めるなと先頭で叫ぶ部長の出立《しゅったつ》を、残り火はまるで祝福するように照らしていた。

それから満身創痍《そうい》の私たちは、なんとかセーブポイントまで辿《たど》り着《つ》く。

遺跡の崩壊は現在進行中で、このままだと逃げ切れない——と思いきや。

「うぉぉぉぉぉ！　お宝っす！　聖杯ですかこれ⁉　高く売れますよ！」

部長の杯を見て混乱状態が完治……金に目が眩《くら》むんじゃなくて、金で目覚めたよ！

「お宝のためにも絶対に脱出するっす！　さぁ早くトロッコに乗ってください！」

ボロボロの私たちを乗せ、シュベルトさんが旧式の人力トロッコを爆速で漕《こ》ぐ。

あれだけ重労働を嫌がってたのに……どこからこんな力が……あ、お宝のためか。

ほぼ投げ出されるように、トロッコごと外に出ると空中にテキストが一つ。

『GAME CLEAR -Congratulations!!-』

ふと見た部長の横顔、それは満天の笑顔で、そして前より少し大人びて見えた。

―○●○―

特別試験がなんとか終わってからの休日、私はひとり河川敷《かせんじき》に向かっていた。

先日の朱乃《あけの》先輩との相談、そこで仙術の達人を紹介できるかもという話だったが――

「……あ、あのヒトたちだよね？」

広々とした河川敷の一角に、遠目からでも目立つ女性二人組を見つけた。

猫耳に尻尾の着物美女、もう一人は魔女っぽい服装で……なかなかに奇抜な格好だ。

「は、はじめまして！　わ、私、朱乃先輩の紹介で来ました、宮本絶花《ぜっか》と申します！」

駆け寄ってから挨拶すると、猫耳美女が「っぷ！」と吹き出す。いきなり笑われた⁉

「にゃはは！　面白い子だとは聞いてたけど予想以上よねこれは！」

「く、黒歌《くろか》さん、笑いすぎです！　初対面のヒトに失礼ですよ……！」

「で、でも、ルフェイっ！　だってこの子――なんで巫女《みこ》の格好してるのよっ？」

彼女が言うとおり私は巫女服を来ていた。

「え、えーっと、その巫女姿でこちらまでいらしたんですか？」

「家からこの格好で……来ました……動きやすい格好でと言われて……」

学園のジャージと迷ったが、もし前回の儀式みたいなことをするならとこれにした。

「で、でもでも、お二人も、その格好で来たんですよね？」

「いえ、私たちは転移の魔法を使いました。事情があって本来は表をうろつけませんし」

やる気を出すと空回り、奇抜で目立っていたのは私の方……うぅ、凹《へこ》みます……。

「ま、まずは自己紹介をしましょうか！　ルフェイ・ペンドラゴンです！」

「黒歌お姉さんだにゃん。よろしくねおっぱい巫女さん」

ペンドラゴンさ……ルフェイさん、兄がいてややこしいから名前でいいとのこと。

彼女は魔方陣を浮かべ、人払いや視覚阻害など様々な結界を張ってくれる。

「ま、通りかかる男の子たちに、その巫女っぱいは刺激的すぎて見せらんないわよねぇ」

「み、巫女っぱ……そ、それを言うなら黒歌さんのおっぱいだって……」

「うん？　あたしのおっぱいが何？　聞こえないからもっと近くで言ってほしいかなぁ」

それから彼女は猫のように飛びかかってきて——あばば！　どこ触ってるんですか！

「くふふ、悪いお姉さんが嫌なら、巫女らしくお祓《はら》いでもしたらどうかにゃ〜？」

「巫女らしく——あ、悪乳退散《あくにゅうたいさん》！　南胸阿弥陀仏《なむねあみだぶつ》！　色即是乳《しきそくぜにゅう》！　乳乳如律令《にゅうにゅうにょりつりょう》！」

叫びながら逃げ出す私を、彼女は楽しそうにひたすら追いかけてくるのだった。


「——しっかし酷《ひど》い話よねぇ。家でゴロゴロしてないでたまには働けなんて」

「——居候《いそうろう》をさせていただいてる身ですから。少しぐらいはお役に立たないとです」

しばらくして追いかけっこも終わり、黒歌さんがまたもニヤニヤと私を見つめる。

「で、おっぱいを小さくしたいんだって？」

「え、あ、はいっ！」

私の神器《セイクリッド・ギア》やおっぱいについては、既に朱乃先輩から報告を受けているという。

「おっぱいが小さくなれば、力の暴走を抑えることができる、興味深い現象ですね」

「にゃはは、赤龍帝《せきりゅうてい》ちんが聞いたら泣いて止めそうな話だにゃ」

そういえばグレモリー家の皆さんは、ついに明日が昇格試験本番だという。

普段お世話になってるし巫女らしくお祈りをしようか。どうか全員受かりますように！

「んじゃ、単刀直入に言うけど、おっぱいを小さくすることは可能だと思うのよね」

「ほ、本当ですか⁉」

「仙術は闘気と合わせることで、一時的に肉体を成長させる技があるから。その逆も可能なはずってね。まぁ実際にやったことはないんだけど」

ただし、と彼女は続けて。

「成長させるのも一時的な技だし、今回のは根本的な解決にはならないかもしれない。でもまぁ神器が暴走するかもって時に使えれば、応急処置ぐらいにはなるかもねん」

そ、それでも、もしもの際の備えができるかもしれないなら……。

『──嘆かわしいな。おっぱいの可能性を術で押し止《とど》めようなどと』

すんなりと話が進むと思いきや、ここで私たちの会話を天聖が遮る。出たな元凶！

「へぇ、おっぱいが光って声がする、あんたが巫女っぱいの神器だっていう天聖ね」

『然りだ猫の女人、お前の大変素晴らしいおっぱいに敬意を表し、二つ忠告をしよう』

「忠告ぅ？」

『まず絶花の胸を小さくしようとしても無意味だ。むしろ危険な蛮行とさえ言える』

「無意味かどうか決めるのは巫女っぽいでしょ。というか危険ってどういうこと？」

『絶花は成長の道を走っている。それを阻《はば》むことは何人《なんぴと》にもできんという話だ』

どこか釈然としない天聖に、黒歌さんはやや目つきを鋭くして二つ目の忠告を尋ねる。

『もっともっと着物を着崩してほしい。なぜならおっぱいがいっぱい見えると嬉《うれ》し——』

以後省略。黒歌さんは「で、どうするのかにゃ？」と苦笑しながら私に問う。

もともと藁《わら》にも縋《すが》る思いで学園にやってきたのだ、なら最初から答えは決まってる。

「お願いします！　私に仙術を教えてください！」


「——そんじゃあ、最初は瞑想《めいそう》から始めるとしますかー」

ルフェイさんは黒歌さんのお目付け役だったようで、基本は見学だけのようだ。

まずは精神統一が大事だと、フィールドの中央で座禅を組むことになるのだが——

「そこまででいいにゃ」

しかしすぐに肩を摑《つか》まれ、瞼《まぶた》を持ち上げると黒歌さんが目の前にいた。

「闘気が使えるとは聞いてたけど、もしかして既にお師匠さんとかいる？」

「し、師匠？　お祖母《ばあ》ちゃんが色々教えてくれはしましたけど……」

幼い頃の私は、必死に強さを追い求めていた。

お祖母ちゃんは厳しかったけど、いつも面倒を見てくれて、本当はとても優しいヒトだ。

「も、もしかして鍛え方が足りないとか……で、でもお祖母ちゃんはすごいヒトで……！」

もし実力不足な点があったとすれば、それは弟子であった私自身の落ち度だ。

「黒歌さん？　どうしました？　何か問題がありましたか？」

ルフェイさんからの問いに、彼女は僅かに目を細めて、座ったままの私を見つめた。

「――出来が、良すぎるにゃ」

小学生に勉強を教えるつもりが、会ってみたら高校生が現れたみたいだと。

「この調子だと師匠はよっぽどの達人……でも、ふつー中学生にここまで仕込む？」

黒歌さんは感心しつつ、でもどこか悲しそうに視線を落とした。

「孫がよっぽど心配だったのか。それとも巫女っぽいの才能に惚《ほ》れ込んだのか。どっちにしても、この子の感覚の切れっぷりは百戦錬磨のそれ――他とはレベルが違う」

「つまり逸材と。でも瞑想一つでそこまで分かるものなんですか？」

「追いかけ回した時に動きも観《み》たから。フィジカルもテクニックも超一級だったでしょ」

そういえばそうでしたねと、ルフェイさんが納得顔をしている。

「わ、私、超一級とか言われるほどは……修行とか決闘とか色々してきましたけど……」

「誰が何と言おうと巫女っぱいは強い。たぶん同世代の中なら別格すぎて浮いちゃうほどにね。これまで私も知っている悪魔や人間があなたに会っただろうけど、み〜んな気にならないのかにゃ――どうして宮本《みやもと》絶花はこんなに強いのかって」

刻み込んだ戦闘技術、鍛え抜いた身体能力、研ぎ澄ました感覚器官、これらは――

「……そりゃ強くもなる。だって昔の私と一緒で、毎日が戦場だったんだから」

黒歌さんは極めて冷静な口調で、そして哀《かな》しそうに笑っていた。

「しかもそれだけ過酷な環境にいて、こんなお利口さんなのもすごいけどね」

お利口さん……そういえばエルターくんも、私のことをお人好《ひとよ》しとか言ってたっけ。

「心が繊細すぎにゃ。きつい言い方をすれば臆病。私たちに対しても失礼がないようにって必死に気張ってるし。ま、だからこそ力に溺れず謙虚でいられるんだろうけどね」

彼女はカラカラと笑って、それから一転して真剣な目つきをして告げる。

「でも覚えておいて。時には大切なものを守るために、その大切なものを傷つける覚悟が必要だって――優しさと厳しさは表裏一体なのよ？」

矛盾した教えのように見えるが、実体験としてそれを語る黒歌さんは本気だ。

そして覚悟の重要性は、ライザー・フェニックスさんも同じく何度も言っていた。

「わ……私は……」

心当たりはある。これまで言いたくても言えない場面が多々あったのがまさにそう。

高等部の先輩たちや、リルベットと出会って、想《おも》いを口に出す大切さは知っている。

友達になろう――私はつい最近ようやくその言葉を言えた。

でもそれは、たとえ断られても、傷つくのは自分だけだと思っていたから。

「心が傷つくのは……すごく、痛いんです……」

孤独だった過去。これまで浴びせられてきた人々の罵倒を思い出す。

あの痛みを誰かに、それも大切なヒトに向けるなんて――私に、できるのだろうか。

「――えい」

「っひゃ！　な、なな、なんでおっぱい揉《も》むんですか⁉」

「あんまり深刻に考えてるから……リラックスとか？」

「ぎ、疑問形で言わないでください！　セクハラですよ！」

シリアスな雰囲気は続かず、彼女は気を取り直すように明るい口調になる。

「お子様相手の課外授業、正直なところね、ダルいな～って思ってたけど――」

ここで黒歌さんがルフェイさんに言う。

「今日の晩ご飯、私の分は要らないって伝えておいてくれないかにゃ？」

「え、でも黒歌さん、今日は早めに引き揚げるって……」

「こんなに頑張ってる子がいるんだし、あんまり見捨てるわけにもいかないでしょ？」

彼女が熱心に働くのがよほど珍しいのか、ルフェイさんはビックリした様子である。

「それに巫女っぱいのレベルなら、仙術の基礎工程をだいぶ飛ばせる。コツさえ摑めれば今日中に目当ての技ぐらいだけなら使えるかなって思うのよ」

そして黒歌さんは、私の目を真っ直《ます》ぐに見据え、どこかイタズラっぽく問いかける。

「おっぱい、一日だって早く小さくしたいんでしょ？」

「っ！　はいっ！」

私の大きな返事に、彼女は猫のように瞳をニンマリと歪《ゆが》ませる。

「──そんじゃ、このわる〜いお姉さんに任せにゃさい♪」

それから私は仙術の使い方をみっちりと教わることになった。

既に夕日が沈み、あたりは真っ暗になっている。

「──感覚も摑めたみたいだし、そろそろ本番と行こうかしらねん」

現在、私はルフェイさんが更に強化した結界の中心に立っている。

「巫女っぱい……いんや、絶花《ぜっか》、いけそうかにゃ？」

「はい……仙術と闘気の配合……おっぱいを小さくするイメージですよね……」

これまで教わったこと、これからやろうとすることを復唱――よし、大丈夫！

「あの、黒歌《くろか》さん、ルフェイさん、本当にありがとうございました」

「私が付きっきりで教えたんだから余裕でしょー」

「滅相もないです。上手《うま》くいくことを願っています」

最後に謝意も捧《ささ》げて、今この時をもって全ての準備は整った。

「いきます」

それから精神を統一して気を高めていく。

身体《からだ》から闘気があふれ出し、周囲を金色の粒子が染め上げていくのが分かる。

「――すっごい闘気の密度、惚《ほ》れ惚《ぼ》れしちゃうにゃ～」

集中しているせいか、黒歌さんの声も、どこか遠い別世界から聞こえるようだ。

それから仙術を起動していくと足下で花が咲いた。

一輪だけではない、河川敷《かせんじき》にある草木から次々と花々が芽吹いていく。

「――ま、魔法じゃないですよね？　この時季になんで春の花が咲くんですか？」

「――莫大《ばくだい》な闘気が周囲に奔《はし》ってる。眠っていた自然の生命力を活性化させてるのよ」

いつしか世界は花に覆われていた。そして私はなぜかふと思い出す。

今にも消えそうなこの美しい景色は、そう、まるで――

「失楽園」

無意識にそう呟《つぶや》いていた。すると目の前に漆黒のドレスを纏《まと》った美女が現れる。

『──本体でなく影が出るか！　猫の女人！　すぐに結界の強度を上げろ！』

「──いきなり出てきてなに慌ててるのよ？　まだ仙術の途中なんだけど？」

『──絶花の深層意識にだけアイツが来ている！　早くしないと一帯が吹き飛ぶぞ！』

天聖と黒歌さんが何か喋《しゃべ》っている……が、私の感覚は謎の美女だけを見据えていた。

それから彼女は通せんぼをするように左手を突き出し、無言の微笑《ほほえ》みを向けてくる。

あなたは誰だ、なぜ阻もうとする──そう思った刹那、私の意識が現実に戻った。

「まずっ！　絶花の集中が切れたにゃ！　ルフェイ！　限界まで結界強度を上げて──！」

「もうやってます！　さっき天聖さんが教えてくれた時から準備してました──！」

私は無理やりに美女を振り払うと、全エネルギーを両掌《てのひら》に集約する。

そして勢いよく自らのおっぱいを鷲《わし》づかみ、小さくなれと強く願って技を発動した。

「これ──って──」

しかし、この技は、おそらく失敗したのだろう。

意識が保てず、視界が漆黒に塗られていく最中で、それを悟る。

朦朧《もうろう》とする中で、最後に聞こえたのは、どこかで耳にしたことのある女性の声だった。

『――宮本絶花、おっぱいとは大きくなるものですよ』


―○●○―


私は重い足取りで帰宅すると、布団《ふとん》に飛び込むや枕に顔を埋《うず》める。

「ううう……おっぱい、小さくできなかった……！」

黒歌さんがあれだけ熱心に指導してくれたのに――私は大失敗してしまった。

なぜ大失敗したのか、黒歌さんは憶測混じりだとしつつ、推理を語ってくれる。

『術の完成寸前に神器《セイクリッド・ギア》の介入があった。それこそ絶花のおっぱいが小さくなることを阻止するようにね。胸が小さくなることは神器の制御しやすさに繋《つな》がる。けどそれは同時に乳気《にゅうエナジー》の減少も意味する――神器は今回のことを絶花の弱体化と考えたのかもねん』

しかし邪魔したのは天聖ではない。私を阻《はば》んだのは謎の女性である。

そのことを天聖に追及したが、まだ時機ではないとはぐらかして教えてくれなかった。

「だけどあんな大惨事になるなんて……二人は笑って慰めてくれたけど……」

大惨事がどういう内容だったのか、誰にも語りたくないし思い出したくもない。

もうこのままふて寝だ――と思った時、突然に私の携帯電話が振動をする。

「し、知らない番号だ……出なくても……っあ、おお、押しちゃった！」

一度取ってしまったのを無視するわけには……私は恐る恐る携帯を耳に近づけた。

『――と――やもと――宮本。ボクだよ。聞こえているかい？』

「ぼ、ボクボク詐欺⁉ う、うちにはおっぱいぐらいしかありませんよっ！」

『何を言ってるんだキミは……？』

それから何言かやり取りをして、ようやく電話の相手がエルターくんと判明する。

『部の名簿を見て、いきなり連絡したボクにも非はあるけど……』

私に詐欺師と言われたのはさすがに傷ついたと、ちょっとしょんぼりした様子だ。

「す、すみません、あまり電話とかしないもので……」

『謝罪はいい。あながち間違いでもないしね。ところで声に元気がないようだけど――』

さすが執事は察しがいい。私は落ち込んでいたこともあり一部だけ今日のことを話す。

『……正直に言うと、ボクは宮本のおっぱいが羨ましいよ』

ついおっぱいについて熱く愚痴っていると、彼女は苦笑しつつそう答えた。

『だって、ボクのおっぱいはもう大きくならないんだから』

お互いの顔が見えない状況だからなのか、彼女は自分のことを饒舌《じょうぜつ》に語ってくれる。

『魔力でも変装はできるけど、完璧に男のフリをするなら胸はない方がいい――だから幼少からずっと、胸を強く押し込めて平らに見せる下着をつけてきた。そのせいでボクのおっぱいの成長は止まってしまったんだ。今後これ以上大きくなることはないだろうね』

それを彼女は自分のせいと言うが、私からすれば周りに強いられたようにしか見えない。

『もう気づいているだろうけどボクは可愛《かわい》いものが……女の子っぽいものが好きだ。許されないと理解はしてるけど、本当は女子らしく生きてみたいとも思う』

もしかしたら彼女が少女趣味に偏るのは、男装をすることの反動なのかもしれない。

『だから、女子として大きな魅力になる、おっぱいにはとても憧れる』

自らが招いた結果とはいえ寂しいものだと、彼女は大袈裟《おおげさ》に溜息《ためいき》をつく。

『キミにはキミの苦労があるだろう。だけど胸が大きいことは一概に悪だとは言い切れないはずさ――それともボクのおっぱいへの憧れも悪と断じるかい？』

「そ、そんなことは……絶対に言えません……」

『キミはボクにないものを持っている。落ち込むのもほどほどにしておきなよ』

エルターくんは過去を明かして、私をなんとか元気づけようとしてくれる。

「……ありがとうございます」

まだ完全には立ち直れないけど、いつまでも彼女に情けない姿を見せられない。

「……エルターくん、優しいですね」

『や、優しくしたつもりはない！　キミに元気がないとこっちの調子が狂うだけだ！』

出会った頃を思い出せば、こんな風に慰められる日が来るなんて想像もしなかった。

「――ところで、どうして急に連絡をくれたんですか？」

まさか世間話をしたかっただけか。いや仕事に徹する彼女のことだから……。

『急遽《きゅうきょ》なんだけどね――実は明日、お嬢様と共にとある町へ行くことになったんだ』

やはり本題は別にあるらしい。私はどういう事情なのかと耳を傾ける。

『目的地は駒王町から電車で数十分。お嬢様によれば人間界についての報告書を書くため……悪魔業の一環で行くと言うんだけど、あれはどう見ても遊ぶ気満々だったよ』

「ふふ。特別試験も無事に終わりましたしね。ポイント的にも悪くないって聞きました」

『おそらく相当はっちゃけるよ。以前にお嬢様が何者かに狙われていると話したけど、護衛についてはボクがいれば問題ない――でも、彼女の自由意思にはそうもいかない』

色々と口出しはするものの、最終的には従うというのが執事という立場だ。

『そこで、お嬢様と対等なキミの出番というわけだ』

「わ、私に、部長のはっちゃけを止めろと……」

『度が過ぎた時だけね。基本的に遊びの一日だろうから、変に気負うことはないよ』

ちなみに他のオカ剣メンバーは既に予定があるそうで、私が最後の砦《とりで》らしい。

『……それにボクは、普通に町で遊ぶというのを、したことがなくてね……』

エルターくんは、声音に恥ずかしさを滲《にじ》ませながら、明日への想《おも》いを吐露する。

部長のことだけじゃない。彼女も初めての日常に不安なのだ。

『も、もちろん都合が悪いなら無理はしなくていい。なにせ急な話だから……』

エルターくんは元気をくれた、なにより私を頼ってくれた、だったら返事は一つだ。

「だ、大丈夫です！　明日なら行けます！　む、むしろ……私も二人と遊びたいです！」

『ほ、本当かい？　それなら良かった！　じゃあ明日の集合時間と場所は――』

エルターくんが弾んだ声で説明をしてくれて、最後に短い雑談をして電話を切った。

沈んだ気持ちも随分と楽になる――けど、彼女が言ったことの一つが引っかかる。

「私と部長が……対等、か」

本当にそうなのかな。

私はそんな風に悩みながら、いつしか眠りについたのだった。

Life.4　来襲のヒーローズ

よく晴れた日曜日の昼前、待ち合わせ場所である駒王学園《くおうがくえん》校門前に赴く。

今日はここで一度集まり、皆で電車に乗って、町に繰り出すという流れになっている。

「お、おは、おはようございます！」

遅刻ギリギリで到着すると、既に二人は揃《そろ》って待っていた。

「おはよー絶花《ぜっか》ちゃん……って、なんで制服⁉」

「おはよう宮本《みやもと》。今日は登校日じゃないよ？」

私服の部長はビックリして目を見開き、執事姿のエルターくんは首を傾《かし》げる。

「えっと、私服でいいとは聞いたんですけど……私、着物ぐらいしか持ってなくて……しかもお祖母《ばあ》ちゃんのお下がりばかり。もちろん大切にしているけど、一人で出歩くならともかく、皆と遊びに行くには目立ちすぎるかなと……消去法で制服です。

「いいじゃん着物！　絶花ちゃん似合うだろうなぁ！　見たかったなぁ！」

「そ、そんなたいしたものじゃ……最近はあまり着られてませんし……」

「宮本は制服やジャージはともかく、着物以外の服はまったく持たないのかい？」

「あ、あとは巫女服《みこ》がありますね……友好の証《あかし》にって頂いたものですけど……」

そう聞いた彼女は、ある意味すごいファッション・ラインナップだと苦笑した。

「そ、そういえばエルターくんは執事服ですね……結局私服なのは部長だけと……」

「それは正しくない見解だ。なぜならボクのこれは正装。常に身につけるべきで――」

自分の執事服は私服としても機能するんだと、ものすごい早口で説明してくる。

「でもこの状況だと私の制服姿と大差ないような……ちょっと詭弁《きべん》くさいような……」

口下手人間の私、不用意に感想を言ったのが命取りである。

「ほぉ！　ボクの執事服をキミは認めないと！　これは徹底的に議論しないとだね！」

どうやら彼女の地雷を踏んだらしい。私の耳元に近づくと論理の嵐を浴びせてくる。

や、やめてぇ――！　難しい単語が多くて頭がパンクしますぅ――！

その光景をじっと見ていた部長は、ここでとんでもない爆弾を落とす。

「もしかして、二人って付き合ってるの？」

平然と放ったその発言に、饒舌だったエルターくんが緊急停止する。

「な、なな、何を、仰《おっしゃ》っているのですか⁉　ボクと宮本が付き合っているっ⁉」

「別に茶化すつもりはないんだけどさ。でもやっぱり男子と女子が仲良さそうだと……」

「お嬢様！　男女だから自然と恋仲になるというのはまやかしです！」

執事は真っ赤になって、一体どんな根拠でそんな勘違いをするのかと憤《いきどお》る。

「だってエル、教室では誰に対しても素っ気ないじゃん。でも絶花ちゃんとは距離が近いし、よく喋《しゃべ》るし――なによりすごく楽しそうにしてるからさ！」

勝手に付き合ってると勘違いしてたならごめんねと、部長は手を合わせて謝る。

「お、お嬢様が謝らないでください……確かに彼女とは接する機会も多いですが……」

チラチラとエルターくんがこちらの顔色を窺《うかが》う。わ、私も何か言えってこと？

「その、エルターくんと話すのはすごく楽しいです。周りから変な勘違いされるのは困りますけど……でも、できれば、これからも仲良くしたいって、思ってます」

出会ったばかりのリルベットに、体育館裏へ呼び出された時も、周りが勘違いをして大変なことになった。仲良しになりたいのは本当だけど誤解は正さなくてはいけない。

「宮本……」

こんな感じで大丈夫ですかと振り向くと、彼女は何かを堪《こら》えるように頬の朱を深める。

「き、キミの想いは分かった……だから、その…………し、執事服をあげよう！」

彼女は勢いよく私の手を取って告げる。どういうこと？

「ゆ、友好の証だ！　巫女服もそうやってもらったんだろう！」

「そ、それはそうですけど……」

「お嬢様はしばしお待ちを！　さぁ宮本！　着替えに行くぞ！」

「え、今すぐ着るんですか⁉　ま、待っ――ぶ、部長！　助けてくださ――！」

問答無用と連行されていく私、その光景を部長は楽しげに眺めていて。

「二人とも、青春だねぇ」


―○●○―


電車に乗って目的地に着いたのは昼過ぎで、私たちは駅前のファミレスに入る。

「パスタか、ピザか、ハンバーグか――絶花ちゃんはどれが良《い》いと思う⁉」

メニューと睨《にら》めっこしていた部長が、真剣な口調で尋ねてくる。

「……ンバ……良い…………ます……」

「ん？　んん？　ごめんね、もう一回言ってくれない？」

「どうしたんだい宮本。さっきから声が小さすぎて聞こえないよ」

二人は不思議そうに見つめてくるが、その理由はハッキリしている。

「だって、だって――私たち、すっごく目立ってますもんッ」

店員さんも、お客さんも、全員がこちらに視線を送ってきている。

なにせ小柄な美少女である部長に、執事が二人も付き添っているのだ。

構図はまさにお忍びで来たお姫様とその警備――そりゃ皆さん興味を持ちますよね！

「執事服似合ってるよ！　見た目は完璧！　自信持って！」

「お嬢様の仰るとおりだ。周りなど気にせず堂々としていればいい」

二人は褒めちぎってくれるのだが、それはそれで気恥ずかしくなってくる。

それから料理も届いて完食、場も落ち着いてから部長が話を切り出す。

「――絶花ちゃん、実は今日この町に来た理由なんだけどさ」

エルターくんも会話が聞こえないよう結界を張ったし、いよいよ本題というわけだ。

「まずね、あたしは悪魔の『活動報告書』ってのを、必ず書かないといけないんだ」

悪魔の活動報告書……？　大きな疑問符を浮かべた私にエルターくんが補足する。

「本当ならお嬢様は、冥界にある上級悪魔の学校に通わなくてはいけない。しかし今は留学という形で日本にいる。そこで本来取得が求められる悪魔学校の単位については、駒王学園での勉強とは別に、自主的に活動をして取る必要があるんだよ」

もしも単位を落としたら強制帰国らしい。初耳ながらすごくシビアな話だ。

「悪魔学校の単位の取得方法としては、日本における魔物や妖怪の類いを研究して冥界に報告すること。他には人間とたくさん契約して仕事をすることでも評価されるけど……」

「そ、そんな目で見ないでよエル！　あたしの大活躍はこれからなんだよ！」

実際のところ学園やその近辺は、グレモリー家やシトリー家の縄張りとなっている。

部長の仕事能力は不明だが、アモン家の悪魔としては正直動きにくいのかもしれない。

「すると、リアス先輩とかも、活動報告書を出しているわけですね」

「うん。彼女の活動報告書なら優秀論として公開されているかも——あ、ほら当たった」

さっそく調べたエルターくんが携帯の画面を見せてくれる。

悪魔の文字は読めないが、彼女曰《いわ》く、日本の魔物使いについて書かれた文のようだ。

「と、とりあえず、部長にとって、活動報告書が大切なことは分かりました」

さて、問題はそれがこの町に来た理由と、どう重なるかということなのだが……。

「——ズバリ！　あたしは『世界最高の芸術家』を捜しに来たんだ！」

せ、世界最高の芸術家……？　いきなりどういうことですか……？

「エルに学園を案内した時、手芸部で教会のバザーについて聞いたの覚えてる？」

「あ、はい、たしか色々な作品が出品されてて面白いよって……」

記憶が段々と鮮明になる。ラグンテさんはその中に見事な彫刻があって驚いたとかなんとか。ほわほわしている彼女が、すごく前のめりに語っていたから印象に残っている。

「宮本、その芸術家の作品だけど、どうやら人間界以外にも流通しているようなんだ」

瞑目《めいもく》していたエルターくんが片目だけ開けて、神妙な口ぶりで述べる。

「おそらく普通の人物ではないだろうね。調べる時間が少なかったとはいえ正体の一片も摑《つか》めなかった。確実なのは作品を人間以外にも売っているということ。どういう流通経路を辿《たど》ったか同じく分からないが、冥界にも何点か作品が存在しているみたいなんだ」

なのに町の教会のバザーには突然出たりすると……まさに神出鬼没だ。

でもようやく意味が分かってきた。例えば先のリアス先輩は、魔物使いとそれに従う魔物について研究した。対して部長はその芸術家と作品について研究しようというわけだ。

「種族や世界を股に掛ける、謎の作家と名作品、活動報告書のテーマとしては十分だよ」

ご出身がどこかは知らないが現在日本にいて、作品を通じて冥界にも関係している、もしこれらが全て事実であれば、私も面白い報告書ができるのではと思う。

「再三だけど、問題は肝心の芸術家が正体不明すぎることだ」

リアス先輩は魔物使いのヒトに直接取材もしたようだが、それは今回できそうもない。

「と、ボクも思ってたんだけどね……」

エルターくんが頭痛を耐えるように額を押さえる。

「っふっふっふ！　絶花ちゃん、これを見たまえ――っ！」

部長が唐突に一枚の紙を取り出す。

「あたしの数少ない悪魔業の仕事先！　そこで入手したビッグニュースだよ！」

それは新聞に挟まっていそうな、派手な色使いの広告チラシで……。

「………これを見た方限定、世界最高の芸術家、その作品を無料でプレゼント」

な、なんてうさんくさい広告だろう。こんなのに騙《だま》されるヒトがいるんだろうか。

ご希望の方はこの住所に……って私たちが今いる町だよ！　ま、まさか⁉

「そのまさかだよ……」

エルターくんが重たい溜息《ためいき》をつく。

「しかもそのチラシ、町名の後ろに書かれた番地以降は存在しない」

つまり架空の住所だと。もう詐欺としか思えませんね。

「たまたま住所を間違えちゃったんだよ！　よくあるよくある！」

部長はあっけらかんと笑い飛ばす。広告で住所を間違えるって致命的なような……。

「そして分からないのなら捜すのみ！　この町のどこかにはいるはずなんだから！」

「あ、あの部長、捜すといってもどうやって……」

昨晩お願いされたので、さっそく暴走しそうな部長をセーブしようと試みる。

「あたしに口や足が付いているのはなぜか！　それは地道に聞き込み調査するため！」

「あ、歩きで調べるんですか⁉　せ、せめて魔力とかで楽に調べたり……」

「今のあたしにそんな器用なことはできないッッ！」

ここでエルターくんがコッソリと耳打ちしてくるが、どうやら魔力での調査は既に彼女が行ったそうで……結果は成果なしだという。これは前途多難になりそうだ。

「そんなに心配しないでよ絶花《ぜっか》ちゃん。このやり方には良い側面もあるんだから」

「というと……？」

「芸術家を捜すついでに町ブラができる！」

もうついでって言っちゃってるし！　食べたり飲んだりする気満々だよ！

昨日の電話、エルターくんは実質遊びの一日だと言ったけど……なるほどです。

「そ、そうだ、この町って、リアス先輩やソーナ会長の縄張りじゃないですよね？　勝手に活動したりして、ここを治めている方にご迷惑とかじゃ……」

「安心して！　ちゃんと許可は取ったよ！」

えっへんと胸を張る部長、そういうところは計画的…………完敗です。

彼女を止めることは私にはできませんと、エルターくんに内心謝っていると。

「──それにさ」

部長が少しだけ改まった口調になって告げる。

「実力試験はなんとかなりそうなのに、活動報告書で単位を落とすとか絶対にしちゃいけない。それで冥界に強制送還とか――それはここまで協力してくれた皆への裏切りだよ」

だから今できることをやる。それを聞いて私は……。

「あの、エルターくん」

「分かっているさ。もともと最後まで付き合うつもりで来ているんだ」

私たちが笑って頷《うなず》くと、部長は立ち上がって元気よく宣言する。

「それじゃ！　今日も楽しく頑張ろう――！」


―○●○―


「さっそく商店街で聞き込み調査だね！」

この町は駅前から商店街が長く続いていると説明を受ける。

「こ、こんな、お店もヒトもたくさん……」

駅が大きいから察してはいたが、想像以上に活気がある場所だ。

地元民だけでなく、わざわざ遊びに来たらしい若者も多くて――

「とりあえず面白そうなお店があったら入ろ！　そして尋ねてみよう！」

「お、面白いお店、ですか？」

「だって芸術家を捜すんだよ？　普通だなって所を巡《めぐ》るより、ちょっと不思議でちょっと怪しい——オカルトな場所を当たった方が、手がかり見つかりやすそうじゃない？」

「な、なるほど！　さすがです！　地道と言っても実はちゃんと考えられてい——」

「あ！　シフォンケーキ専門店だって！　これは珍しいし怪しい！」

「え、そ、そうでしょうか……？」

「イートインできるって！　どれも美味《おい》しそう！　というわけでさっそく入ろう！」

部長がキラキラと目を輝かせて、ジュルリと舌なめずりをしている。

店内は若い女性客が沢山、どこにもオカルト要素は見当たらないけど……ま、まさか、ただ食べてみたいだけとかないですよね⁉　調査ですよね⁉

「お嬢様のご意向に従おう。なにこれはれっきとした調査だとも」

「……写真を撮りまくってるエルターくんに言われても」

「ご、誤解するな！　これは記録のため！　可愛《かわい》いお店だなとか微塵《みじん》も思っていない！」

はいはい。分かりました。そういうことにしておきましょう。

「二人とも早くー！」

部長に急《せ》かされ甘い香りのする店内へ。実際ケーキはすごく美味しかったが——

「素敵なコスプレですね！　もしよろしければ一緒にお写真いいですか⁉」

美少年執事に、女性店員も客も殺到し、いつのまにか撮影会に発展。

「はーい！　一列にならんでねー！　割り込みはダメだよー！」

しかも部長が誘導係になっているし。

写真を撮る度に、エルターくんは、それとなく芸術家のことを尋ねている。

ケーキ屋に入ると聞いてどうなるかと思ったが、主従が連係した見事な聞き込み調査だ。

「…………………」

やるせないのは、同じ執事服なのに、私には誰も寄ってこないこと。

にっこりとスマイルをしてみると、みんな「っひ！」と怖がって後ずさってしまう。

……私の存在は、ケーキのように甘くはないみたいだ。


お店を出た私たちは、再び商店街の中を探索することに。

「服屋さんも結構あるねー！」

若いヒトが多いと言った通り、おしゃれな服屋に古着屋にと色とりどりだ。

「絶花ちゃん着物ばっかりなんだよね？　どこか入ってみる？」

「こ、こんなにあると、どこに入っていいのか……」

同年代の子と服屋さんなんて初めてで困惑。するとエルターくんが助言をくれて——

「それぞれの店にコンセプトがある。ただボクの持論としては、まず入り口から道路にはみ出すように商品を展示している店舗は好ましくない。値段の問題ではなく、服を本当に大事にする店主ならそんな風には取り扱わないからだ。つまりだね——」

エルターくんめちゃくちゃ語りますね⁉　超絶早口で聞き取れないよ！

「あの、エルターくんに、入る店を決めてもらって……」

そこまでこだわりがあるなら、もう彼女の審美眼に任せてみよう。

エルターくんは「いいのか？」という表情をしたが、気になる店があると歩き始め——

「……こ、ここ])か、どうだろう？」

目前には白を基調としたファンシーな建物、軒先にはストライプのテントが張ってある。

「あ、怪しいだろう？　かなりのオカルトだろう？」

店外には店の名前が入ったスタンド看板があって、可愛らしい字で書かれていると共に、小さいぬいぐるみが飾り付けられていて……。

「あの、もはや怪しさの欠片《かけら》もないというか、ただただ可愛いだけの——」

「そ、その通り！　可愛すぎてもはやオカルトだ！　ですよねお嬢様⁉」

「う～ん、言われてみるとそんな気もするね。とりあえず入ってみよっか！」

い、いいんですか、それで……？

主人からの許可も出て、エルターくんが一目散に店内へと足を踏み入れる。

「――素晴らしい！」

店内はまさに想像通りで、乙女チックな服が並び、それ以外にも可愛らしいアクセサリーや雑貨まで置いてある……当然と言うべきか、店員さんの格好も大変ガーリーだ。

「ここは昨日から調べてい……あ、違う！　さっきたまたま眼《め》に入ったものでね！」

いや「あ、違う」って言ってますし。もはや可愛いもの好き隠さなくていいのでは？

美少年執事は興奮もあって、だいぶ仕事人のメッキが剥がれ掛けている。

あれも可愛いこれも可愛いと、店員とも喋《しゃべ》りながら、夢中になって手に取っていた。

「――ありがとね絶花ちゃん。エルにお店選ばせてくれて」

隣にいた部長が、なぜか改まった口調でお礼を述べる。

「感謝されるほどのことは……エルターくん、ずっとうずうずしてたので」

「確かにそんな感じだったね。でもエルは自分からは言い出さないから助かったよ」

部長は楽しそうに、そしてどこか温かな眼で、エルターくんを見つめている。

「ぶ、部長？　どうかしましたか？」

ついにエルターくんが実は女性だとバレたのか、少し焦《あせ》り気味にそう尋ねると。

「最近よく思うのがさ、このまま無事に試験に合格したら、あたしは人間界に残れる――

今すぐ眷属《けんぞく》を作る気もないし、となるとエルとはお別れになっちゃうのかなーって」

「あ……」

「あたしだけハッピーに終わるってのもね。どうせならエルにも人間界での日々が良い思《い》い出になってほしい。だから楽しんでくれてるみたいで嬉《うれ》しいよ。絶花ちゃんとも仲良くなれたみたいだし。出会った頃よりずっと良い顔してるなって、今そう思ったところ」

「もしかして、急に町に行くって、エルターくんを連れ出したのも……」

「活動報告書が必要なのは本当だよ。でもそこにちょうど良いキッカケがあったからさ」

私は秘密を共有することで、エルターくんと少しずつ仲良くなれた。

でも部長だって、試験官であり執事である彼女とずっと一緒にいたのだ。

エルターくんがどんなものを好きで、どんな理由をつければ一緒に遊んでくれるか、部長はあえて言葉には出さないけれど——きっと、もう理解《わか》ってるんだ。

「すみません……私、そんなところまで気が回ってなかったです……」

楽しそうにしているエルターくんを見て、この日に込められた見えない意味を知る。

「……もうじきお別れするかもしれないなんて、よく考えれば分かることなのに」

いつの間にか、こういう毎日が続くと勝手に思い込んでしまっていた。

「——いいじゃん、楽しいって思い込む、あたしそういうの大好きだよ」

またも落ち込んでしまった私、だけど部長は力強く励ましをくれる。

「むしろその感じでもっと突っ走ろう！　あたしも負けないぐらい突っ走るからさ！」

だから心配するなと、彼女は私の背を軽く叩《たた》いた。

「弱気になる必要なんかない！　なにせ絶花ちゃんはすっごく強いんだから――！」

エルターくんは、部長と私が対等なんて言ってたけど……。

やっぱり私は、部長に背負ってもらっているんだなと痛感する。

「――あ、それ可愛いじゃん！」

「――お嬢様、はい、ただこちらの服とも迷っていて」

それから部長と共にエルターくんの下へ行き、どちらの服を選ぶか一緒に悩むのだが。

「あたしは右の服がいいけど……あ、じゃあ左のは、試しに絶花ちゃんに着てもらう？」

「なるほど。それは名案ですね」

「え、わ、私も着るんですか⁉　いやそういう可愛い系のはちょっと……」

「「さぁさぁ！　遠慮せず！」」

しかし主従コンビのすさまじい圧に負け、本日二回目の強制お着替えタイムに。

「び、美少女すぎる……絶花ちゃん！　今度からはこっち路線で行こうか！」

いいえ！　そっちには突っ走りません！

―○●○―


「――ぜんっぜん見つからない！」

小さな公園のベンチに腰掛け、部長が何の手がかりも摑《つか》めないと天を仰ぐ。

蒼《あお》かった空模様は段々とオレンジ色を帯びていた。

「無理もないことですお嬢様。あのチラシの信憑性《しんぴょう》は薄かったですから」

「こ、これだけ探し回って手がかり一つないと、さすがに厳しいかもしれません……」

私たちは町ブラを満喫しながらも、実際はしっかりと聞き込み調査をしていた。

エルターくんも部長の力になろうと、最後は魔力で探索もしてくれたが成果はない。

「世界最高の芸術家、もうこの町にはいないのかなぁ」

部長は腕を組んで悔しそうに溜息《ためいき》をつく。

「――ぎゃはは！　やっと見つけたぜ！」

私たち三人がベンチで悩んでいると、やけに声量が大きい少女のがなり声が聞こえた。

揃って視線を上げると、向こうから女子中学生らしい人物が爆走してくる。

「――日本遠いっ！　商店街広いっ！　美味《うま》いもの多いっ！　くそめんどいっ！」

彼女は白いセーラー服を纏《まと》っていた。瞳は猛々《たけだけ》しく輝いていて、小さい体躯《たいく》ながら激しく躍動、エネルギーを全身から迸《ほとばし》らせて——まるで野生の猪《いのしし》を思わせる少女である。

「………………！」

剣士は常在戦場、お祖母《ばあ》ちゃんの教えが私を立ち上がらせる。

「絶花《ぜっか》ちゃん？」

部長が不思議そうにこちらを見つめてくる。近づいてくる少女が何者かは分からないが、なぜだか嫌な予感がする——私はすぐさまエルターくんに目配せした。

「……冗談だろう？　人払いもせずに白昼堂々と仕掛けてくるかい？」

今は偶然に私たちだけの公園だが、彼女の指摘通り、結界の類いが張られた様子もない。

「オレ様は英雄派！」

接触まで残り数メートルを切る。疾走する少女は獰猛《どうもう》に笑いながら吠《ほ》える。

「泣く子も泣かねぇ子も殴って黙らせる、超絶無敵の武松《ぶしょう》様だぁぁぁぁぁ——っ！」

よーいドンの合図で始まる試合とは違う。

勝負は何の前触れもなく、突然に始まることだってありえるのだ。

「英雄としての名乗りは済んだぜ！　そんならァ——！」

まさしく猪突《ちょとつ》猛進。一瞬消えたと錯覚するほどの加速を見せる。

そして武松と名乗った人物は、いきなり部長めがけてドロップキックを放つ。

「喰《く》らえアホ悪魔！　最凶処刑キッッッッッッ――ック！」

殴って黙らせると言ったのに蹴り技とは、発言も行動もめちゃくちゃだ……！

「うお――!?」

寸前で私の両手が動いて、直撃間近でドロップキックを受け止める。

真っ白なスカートが完全に持ち上がり、派手な赤い下着が眼に入ってしまう。

……ちゅ、中学生がつけていいパンツじゃないでしょ！

しかし彼女はそれを気にする様子はなく、むしろ止められたことに嬉々《きき》として舌舐《したな》めずりした。そのまま踝《くるぶし》を掴もうとするが、少女はクルリと宙返りをして距離を取る。

「ぎゃはは！　よく反応した！　報告通りやっぱ強いなぁ――宮本《みやもと》絶花！」

私は相手から視線を逸《そ》らさず、平静を装《よそお》ってエルターくんに撤退を促す。

「……宮本。分かった。お嬢様、ここは彼女に任せましょう。退避です！」

「ま、待ってよ！　あの子さっき英雄派って言わなかった!?　だったら……」

部長は急展開に慌てつつも、私を一人で置いていけないと抵抗を示すが――

「――この期《ご》に及んでまだお喋りってのは、判断ノロすぎじゃねぇか？」

英雄だという武松なる人物は、獲物を狙うようにこちらを見据えている。

「いきなり、ドロップキックの方が、間違った判断だと思いますけど」

「さっきのは挨拶代わりさ。お詫《わ》びにパンツ見せてやったんだからチャラにしてくれよ。それともおっぱいを見せなきゃダメだったりするのか？」

「お、おっぱ……なんで突然そんなこと言うんですか！」

「おっぱいサムライ？　二刀乳剣豪《にとうにゅうけんごう》？　お前おっぱいが大好きなんだろ？」

し、失礼な！　英雄派で私ってそういう扱いなの⁉

「ここは町中の公園、ヒトの目をキミは気にしないのかい？」

「っはん！　小っ恥ずかしい執事姿のやつがよく言うぜ！」

「小っ恥ずか……これはボクの正装だ！　侮辱を受けるいわれはない！」

エルターくんの舌鋒《ぜっぽう》に、少女は馬鹿にしたように肩を竦《すく》ませる。

「確かに上の連中にも、姿をなるべく見せるなって言われてる。大人の事情でうんたらってな。だけどよ——基本それは異能者同士、異形同士が戦う時って話じゃねぇか？」

「なにが言いたいんだい……？」

「今回オレ様は神器《セイクリッド・ギア》を使わない。オーラも使わない。もちろん武器も使わないでやる——だからこれはただの生身の喧嘩《けんか》、どこにでもよくある中学生同士のな！」

彼女は両手を腰にやって大仰に笑い飛ばす。

「どうだ！　ただの喧嘩なら人払いの必要なし！　オレ様って最高に賢いだろ！」

ちょっとアホっぽいヒトだな……と思ったけど、あまりに堂々としていてツッコめない。

隣にいたエルターくんは嘆息、こうなれば自ら結界を張ろうと切り替える。

「さぁステゴロだ！　降参するならピンクの貧乳チビを差し出せ！」

「ピンクの貧乳チビ⁉　あたしのこと⁉　背も胸もそんなに変わらないじゃん！」

「はぁ⁉　オレ様とお前じゃ天と地ほど身長差あるだろうが！」

「あ、あたしは一五二センチあるよ！」

「オレ様は一五三センチ！　はいオレ様の大勝利！　そしてお前の大敗北だ！」

「じゃ、じゃあ胸は……！」

「それは……おい、ジェスチャーで教えろ……」

二人は奇っ怪なポーズを取り合っているが……あ、武松が万歳した。

どうやら勝敗は付いたようだけど、天も地もない不毛な争いである。

「キミの目的はなんだ？　どうして英雄派がお嬢様を狙う？」

「オレ様はただ戦いたいだけ！　細けぇことは知らんし興味もねぇ！」

彼女は有無を言わさず両拳を構える。宣言した通りオーラも何もない素の状態だ。

「――口もたくさん動かして、手足はもっとたくさん動かそうや！」

武松が真《ま》っ直《す》ぐに突っ込んでくる。狙いは部長であるが私が遮るように立つ。

「面白いじゃんか！　楽しませてくれよサムライ！」

少女の後ろ回し蹴りが炸裂《さくれつ》、私はそれを右手を使って弾く。

相手は構わずに間合いを詰めて手刀を放ち——この動き、中国拳法っ！

「テメェには史文恭《しぶんきょう》の首を横取りされたからな！　あれはオレ様の獲物だったのによ！」

史文恭といえば私が転校前に戦った英雄である。武松は彼女と因縁があったらしい。

激しい猛攻、両手を使ってその全てをいなしていくが——

「守ってるだけじゃオレ様には勝てないぜ！」

武松はすさまじい身体能力で跳躍、空中から打撃の連打を浴びせてくる。

「オラオラオラオラオラオラオラオラオラオラオラオにゃ——いって！　噛《か》んだぜオラァ！」

連撃の嵐に、段々と私の受けが間に合わなくなっていく。

「つは！　こんなもんかよサムライ！　だったらこの超ウルトラ必殺技で決着だ！」

宮本絶花に反撃の余地なし、チャンスだと判断した彼女は大ぶりの蹴りを放つ。

「——奥義《おうぎ》ッ！　玉環歩鴛鴦脚《ぎょくかんほえんおうきゃく》ッッ！」

まさに達人級の蹴り技。彼女が必殺技を出すと予告していなければ危なかっただろう。

「二天一流、鳳仙花《ほうせんか》！」

私は体勢を直し、タイミングを合わせて少女の足を右手で受け止める。

「その程度じゃオレ様の蹴りは――どんぎゃらばあああああああああ!?」

瞬間、武松の身体《からだ》が大きく後方に弾《はじ》け飛ぶ。彼女は遊具である鉄棒にひっかかるとグルグル数回転、それから滑り台へと吹っ飛んで、派手な音を立てて砂場に滑り落ちる。

……言動もうるさいけど、やられ方一つとっても騒がしい。

「エルターくん!」

しかしこの程度で倒せる相手ではないはず。すぐにでもこの場を離れるべきと叫ぶ。

「……っぷは! や、やるじゃねえかサムライ!」

砂だらけの武松がフラフラと立ちあがる。やはり思った通りタフなヒトらしい。

「き、聞いたことあるぜ。今の技……相手の力をそのまま返す合気《あいき》ってやつだろ?」

お祖母ちゃんが使っていたのを見《み》よう見真似《みまね》だ。

しかも蹴りが大ぶりだから合わせられただけ。私の技量では通常戦闘で到底使えない。

「だったらオレ様も本気で――って、おい! いねーじゃねーか!」

武松が自分の世界に没入中の間に、私たちはその場から走り去っていく。

この期に及んであなたと遊ぶほど、ノロイ判断はできないんですよ!

―○●○―


公園を抜け出すと、私たちは人通りの少ない裏道を全力で走る。

「――前衛はボクが！　宮本は後衛を頼む！　まずはあの英雄から距離を取る！」

先頭を行くエルターくんが、最後尾にいる私へ指示を飛ばす。

「あ、あたしはどうする⁉　なにかできることがあれば――」

「お嬢様はボクたちの間にいてください！　けして隊列から外れないように！」

護衛対象ということもあり、部長はエルターくんと私に挟まれた形だ。先ほどの武松の実力を見ても……おそらく、今の部長では荷が重いという判断もあるのだろう。

「ひとまず駅まで向かおう！　あそこはヒトが多い！　相手も派手には動けな――」

と、エルターくんが言いかけた時、全員が思わず足を止めてしまう。

「――なに、これ」

部長の呆然《ぼうぜん》とした呟《つぶや》き。走っていた私たちはいつの間にか見知らぬ広場にいた。

周囲にあったはずの民家や店舗は消《き》え失《う》せ、代わりに古代様式らしい建物群が現れる。

美しい楕円形をしたこの広場には、私たちを取り囲むように見事な石像が並んでいた。

しかしなにより目を奪われたのは、遠くに見える巨大な……。

「──あの塔は、天を目指し、そして夢破れた人々の落とし物」

そびえ立つ巨塔を背後に、眼鏡をかけた美少女が広場に立っていた。

「あれはまだ建設途中。しかし私がいずれ完成させる。それが芸術家としての使命です」

彼女は武松と同じ白のセーラー服を着ていた。美しい大理石を擬人化したような人物で、どこか壮大で近寄りがたく、触れた者を冷たくするような……ヒトによってはインテリと一言で括《くく》るかもしれないが、とにかく油断できない風体。隠れ巨乳なのにも要注意だ。

「私は世界最高の芸術家、ミケランジェロ」

ルネサンスの時代で『神のごとき』と評された大天才。誰しもその名を知っている。

そしておそらく、いや状況からして間違いなく、武松と同じ英雄派の人間だ。

『──バベルの塔か。道理でオレがこの時代に目覚めるわけだ』

ここで第一に声を上げたのは、私の胸の中にいる天聖だった。

『神に罰せられてなお、いまだ朽ちずに残っていたのだな』

「アナタが失楽園の片割れですか。この神器『迷夢の巨塔《タワー・オブ・バベル》』は私によって再建築中です」

天聖が、ここは彼女の神器で作られた結界の中なのだと教えてくれる。

『しかも並の神器ではない。あれはオレと同じく不完全だが、あの女堕天使の言葉を借りるなら『番外の神滅具《エキストラ・ロンギヌス》』の一つと呼べるかもしれん。もし完全な状態であれば――神や魔王をも滅ぼす』

「残念ながら巨塔の完成には時間がかかりますがね。その間は他が動くでしょう」

『他、か……ならやはり……今更オレたちのような旧い神器を集めてどうしようと……」

彼女は私たちを無視し、まるで天聖しか見えていないような振る舞いだ。

「あ、あの子も英雄⁉　ミケランジェロって、たしか『最後の晩餐《ばんさん》』も描いた……」

部長が場をつなぐためか、それとも気を紛らわすためか、何気なくそう口にした時。

「ちっがあああう――ッ！　私の先祖が描いたのは『最後の審判』だ――――ッッッ！」

天聖しか見ていなかったミケランジェロが急にブチ切れた。その風体を大理石から溶岩へと一変させる。全身を激情のオーラで漲《みなぎ》らせて……口調も態度もさっきと別人だよ⁉

「美術史を学び直しなさい！　件《くだん》の『最後の晩餐』を描いたのは、あの憎き小童《こわっぱ》の先祖、ダ、ダ、ダヴィン――ぐあああああ、その名を口にすることさえも腹立たしい！」

彼女は自らの上半身を抱くようにして悶《もだ》え……う、すごいおっぱい揺れてるし。

「はぁ、はぁ、はぁ、怒りのせいで動悸《どうき》が……早く、創作をしないと………！」

彼女は異空間から石の塊と、大量の彫刻刀をその場に呼び出す。

そしてこれが自分の武器だと言わんばかりに、彫刻刀を手にして石と戦い始めた。

「――ふぅ、一旦ここまでですね。美しいセルペンティナータとなりそうです」

その技はまさに神のごとし。非常に短い時間の中でも高速で輪郭を造り上げた。

「一部とはいえ私の仕事を見られるとは幸運ですよ――しかし余興も終わりです」

と、キリッとした顔で言うけど、創作をすると落ち着けるなんて芸術家って不思議だ。

ただ余興が終わったことで役者も揃《そろ》う――そう、騒がしい彼女がやってきたのだ。

「呼ばれて来てやったぜ！　さぁ恐れおののけ！　武松《ぶしょう》様の登場――っぐへ⁉」

どこからか落ちてきたオレ様少女だが、そのまま固い地面に頭を思いっきり打ち付ける。

「いってえええ！　ざけんなミケ！　オレ様の天才頭脳をアホにする気か！」

「みっともなく取り乱さない。既に大馬鹿なのだからこれ以上馬鹿にはなりませんよ」

さっき取り乱していたのは誰だったんでしょうね……しかし文字通り馬鹿にされた武松は彼女と激しい口喧嘩《くちげんか》を始めてしまう。その隙にエルターくんが私の名を小さく呼ぶ。

「ここは非常に強力な結界だ。転移ができるかどうか試みるけど……」

「……私が時間稼ぎ、ですね」

相手の実力は未知数、部長を守ることを優先するなら、戦闘は極力避けたいところだ。

「あの、二人とも、結局、あたしには何がなんだか……」

部長は状況を呑《の》み込めていないが、私たちもなぜ彼女が狙われるのかは知らないのだ。

「で、でもあの子たちは英雄派、だったら、とりあえずどこかに隠れるとか――」

焦《あせ》り気味の彼女は、ひとまず遮蔽物の後ろで安全を図ろうと早口に言う。

そしてすぐに目に付いた、戦士を模した石像の陰に隠れようと安易に走り――

「っ！　お嬢様！」

エルターくんが転移の準備を取りやめ、部長を庇《かば》うように前に出た。

刹那、執事服から血しぶきが飛び散る。

「「…………！」」

なんと戦士の石像が持つ剣により、エルターくんの肩から左腕が大きく斬られていた。

「っく……！　石像が動いただと……!?」

彼女は痛みに顔を歪《ゆが》ませて腕を押さえる。私がすぐさま天聖で石像を破壊するが……。

「エルっ！　出血がっ！」「問題、ありません、この程度の傷、すぐに、止血して、」

彼女に駆け寄りたい気持ちをぐっと抑え、私は二人を守るように英雄たちに相対する。

「本来の計画では、襲撃までもう少し時間をかける予定だったのですが――」

ミケランジェロは武松との諍《いさか》いを打ち切り、冷たい声音で言明する。

「まさかこうも簡単におびき出せるとは望外でした。おそらくこの町に来たのは私を捜す以外の目的もあったのでしょうが、唯一のミスはこの野生児と組んだことぐらいです」

さっとエルターくんに視線を移すと、彼女は苦しそうにしながらも頷《うなず》いた――自分は援護と転移の準備に回ると目で語っている。ならばと私は時間を稼ぐために彼女に尋ねた。

「……わざわざ教会のバザーに出たりしたのは、なぜなんですか」

「その『なぜ』を抱かせるためです。ヒトは好奇心を抑えることができない。ただグレモリー家や関係組織に調査されると面倒ですから、噂《うわさ》を流す加減には注意を払いましたが」

英雄派はテロリストとして扱われると聞いた。本来ならその一員であるヒトの作品が公に取引されることはないだろう――なのに各地に流通していて、部長の仕事先とやらにもチラシが送られてきた。この結界だけでなく彼女は情報操作にも長《た》けていると見るべきだ。

「おいミケ！　ダラダラ喋《しゃべ》ってないでバトルだバトル！　早くやろうぜ！」

「少し待ちなさい野生児。今回の目的がまだ果たせていません」

なぜ部長を狙ってきたのか、彼女は目を鋭くして告げる。

「――私たちは『悪の爪《マレブランケ》』という兵器を探しています」

悪の、爪……？

「初代四大魔王の遺産ですよ。ただ本当に実在しているかも未《いま》だ定《さだ》かではありません」

その口ぶりからするに、私の直感的には、彼女自身も本当にその多くを知らない。

しかし強力な武器である可能性が高く、とりあえず探している……そんな感じだろう。

「あぁん⁉　なんだ『悪の爪』って⁉　初耳だぜ⁉」

「当然です。英雄派でも『悪の爪』の存在は、大帝とその傍《そば》にいる幹部しか聞いていませんから。曹操《そうそう》に勘づかれると厄介でしたから情報統制は完璧に……ただ今日は大局が動く。我々としてもそろそろ行動を起こす頃合いというわけです」

それを聞かされているミケランジェロは、大帝という人物の直属部下というわけだ。

「大帝——……というのが誰かは存じませんけど、そんな噂にもならないような無名の代物、私たちが知るはずないですよ」

「さて、それはどうでしょう」

ミケランジェロの視線が部長へと向けられる。

「アヴィ・アモン、アナタなら何か知っているのではないですか？」

「あ、あたし？」

突然名指しされた部長は、表情を困惑で一杯にする。

「惚《とぼ》けても無駄ですよ。それともこう呼べば教えますか——アヴィ・アガリアレプト」

アガリアレプト……どこかで聞いた名前のような……。

「馬鹿な！」

後ろで叫んだのはエルターくんだった。私がアガリアレプトのことを表情で尋ねると。

「裏の大家、ルシファー忠臣六家の一つ、冥界のあらゆる『機密』を知るという一族だ」

腕の痛みに耐えるエルターくんは、陰で転移の準備を進めながらも口を開く。

「だけど、アガリアレプト家は、とっくに断絶している、彼らはもう存在しないいっ」

まさか主人が自分と同じ六家出身とは。その動揺もあってかやや声がうわずる。

「そもそも、ボクですら『悪の爪』などまったく知らない。その上お嬢様がアガリアレプト家の末裔《まつえい》であるなど、六家の悪魔ですらない人間のキミが、どこの誰に聞いて……」

しかしエルターくんは自分で言ったことに、ハッと顔を上げる。

「……まさか、ネビロス家か？」

同じく六家の一つネビロス家。行方不明になっているという一族の名を彼女は呟く。

エルターくんの指摘に芸術家は沈黙した。そこの答えは言わないと態度が物語る。

最後に広場に響いたのは、自身の出自を突きつけられ、呆然とした部長の声だけ。

「あたしが、アガリアレプト家の、末裔……？」


―○●○―

「――自身の出自も、魔王の遺産も、本当に何も知らないようですね」

しばらく部長を凝視していたミケランジェロが溜息《ためいき》をつく。

彼女は迷いなくそう判断したが、まさかこの結界には相手の心を読む能力が――

「私は芸術家です。表情や筋肉などを観察することで、これぐらいのことは見抜けます」

と、自分の観察眼を急に力説する。神器《セイクリッド・ギア》の能力と勘違いされたくないらしい。

「かつて冥界で『機密』を司《つかさど》った一族の生き残りに、手がかりを期待しましたが無駄骨でしたね。そして大帝からは用済みとなった場合――始末しろとの命です」

彼女は隣に立っていた武松に声だけで指示する。

「ようやく出番ですよ」

「なにが出番だよ、偉そうにごちゃごちゃ語りやがって、オレ様は途中眠くな――」

その時、武松が巨大な魔力攻撃に包まれる。放ったのはエルターくんだった。

「……負傷したボクから攻撃はないと油断してたからね、これで敵の一人は戦闘不能だ」

護衛対象の部長は当惑して動けない。エルターくんは私を少しでも有利にするため――

「――ぎゃはは。すげぇ威力だがオレ様相手には不十分だな」

土煙の中から独特のがなり声が響き、仰向けに倒れていた少女がゆっくり立ち上がる。

「あ、あれは……魔方陣……の中に数字？」

彼女の足下にある地面には、いつの間にか大きな数字が浮かんでた。

それは最初『Ⅹ《テン》』と描かれ、それから『Ⅸ《ナイン》』『Ⅷ《エイト》』『Ⅶ《セブン》』と一秒ごとに減っていく。

その闘気で土煙を勢いよく払うと、全身ボロボロになった少女が戒刀《かいとう》を出して構える。

「──第二ラウンドに行く！　カウント止めろや！」

すると足下の数字が消えて、エルターくんによって与えられた傷が……完治した⁉

「オレ様の神器は『武十回《テン・カウント》』！　十秒以内に起きりゃあ完全復活ってわけだぜ！」

たぶん神器の中でも希少とされる回復系。ただその使い手がバトルジャンキーとは。

しかし焦ってはいけない。敵の弱点を探れ──ここで私は炎帝のことを思い出す。

「……例えば腕や足だけ斬り落とす……その時はすぐに治るのか……一度倒れて起きるという動作条件が必要という可能性……回数制限とか……むしろ寝技に持ち込めば……」

もし十秒以内に起き上がれなかったら、彼女はどうなるのだろう。

「……即時完全回復という破格の能力、なら制約はあってしかるべき……」

相手を分析しながらエルターくんを窺《うかが》うが、不意打ちが失敗した今は転移に手一杯。

よほど強固な結界なのだろう、やはりここからすぐ抜け出せる見込みは薄い。

──なにより、今の部長の状態が良くない。彼女のそんな表情は初めて見た。

二対一だろうが関係ない、この場を持たせせられるのは己だけなのだ。

「弱気になるな──私は、強い」

つい先ほど部長に言われたばかりの言葉を反芻《はんすう》して、一気にオーラを放出する。

「っうお！　なんつー闘気してんだよ！　おいミケ！　テメェの結界持つのかよ⁉」

「持たせますよ。容易に転移もさせません。ただ……これほどの実力とは想定外でした」

「あの調子だとまだ上があるぜ！　マジモンの怪物だ！　こいつは燃えるなッッッ！」

間違いなく死闘となるだろう。しかし今の私にはちょっとした秘策もあるのだ。

「……なにやら企《たくら》んでいるようですね」

私を観察していた芸術家が何か見抜いたらしい──自分の表情、少し注意しないとな。

「企んでなんていません。ただおっぱいについて考えてたんです」

先日、私は仙術でおっぱいを小さくすることに失敗した。

だけどもしあの失敗を、戦うための技として昇華させられたならば──勝機はある。

「おっぱ……どういう意味ですか？」

「おっぱいはおっぱいです。そしてあなたもおっぱいを持っている。しかも巨乳です」

「きょ、きょにゅ…………あ、アナタの話はまったくもって理解不能です」

彼女は胸元を隠しながら動揺の色を見せ、しかしすぐに態度を平然としたものに戻す。

「──……そういえば、あなたの兄はご健在ですか、アヴィ・アモン」

まさに一触即発の最中、彼女は脈絡なく突然そんなことを言い出す。

兄という単語が出て、部長の肩がピクンと動く。

「それって、ヴェル兄のこと……？」

確か一番上のお兄さんで、前にシエストさんが、彼は英雄派と交戦して消息不明と——

「我々は『悪の爪』を調べるにあたって、アガリアレプト家に手がかりを求めました。そこで二手に分かれて行動をすることにしたのです。まず私と武松《ぶしょう》はアナタに直接接触」

そして、と続けて。

「英雄派側《こちら》にいるあのサムライには、アナタの生家があるだろうアモン領を襲撃……失敬、調査に行ってもらいました。ところが彼女とは今も音信不通でしてね。そこでアナタの兄の生死が分かれば結果も分かりそうなものだなと」

部長の血筋はともかく、育った場所は、実母とすごした場所はアモン領だったと聞く。

ならば生家のあるアモン領に、何か手がかりがあると疑うのは自然だろう。

そしてサムライとやらは冥界へ潜入、そこで部長のお兄さんと交戦になったと——

「じゃあ、じゃあ、ヴェル兄はあたしのせいで……」

部長は自分を責めていた。そして当惑から一転、戦おうと前に出てきてしまう。

ミケランジェロ……！　あえて部長を煽《あお》って戦場に巻き込んだ……！

「絶花《ぜっか》ちゃん。これはあたしが戦わないといけない」

どう見ても心を乱されながら、勇み足で二歩三歩と英雄たちに近づいていく。

「ぶ、部長……！　待ってください……！　ここは冷静に……！」

誰よりも努力家で、明るく元気で、そしてやると決めたら必ずやるヒト。

いつも遅くまで残って鍛錬をして、メキメキと剣の腕を上げているのは知っている。

だけど正直に言うなら、この二人と戦うのに今の部長は——実力不足だ。

「こ、ここは私が……」

口ごもってしまう自分。だって何て言えばいいの？

——あなたの実力では足りない。

——私だけで戦った方が勝率が高い。

——後ろで黙って守られていてくれ。

勝負において最善を考えるのなら、そう口に出さなくてはいけないのかもしれない。

だけど、最強を目指す部長には、それはあまりに重すぎる現実ではないか。

私は怖い。彼女を言葉の刃で傷つけてしまうことが……。

「——あたしは、守られてばかりじゃない！」

部長が私の制止を振り切り、強引に英雄たちの下へ駆け出してしまう。

「——眠れる像よ、敵を討ちなさい」

ミケランジェロが命じると、広場にある石像が一斉に動き出し、そのほとんどが私へと攻撃してくる。しかもごく一部がエルターくんを狙うような動きをするのもタチが悪い。

私はいくら斬ろうと物量に押され——先に進んでいく部長に追いつけない！

対して少量の石像を壊して突破する彼女、その短剣がミケランジェロへ届きそうになる。

「——像よ、敵を貫きなさい」

彼女が告げた瞬間、遠くに見える巨塔、その中にキラッと一点小さな輝きが生じる。

——気づいた時、部長の胸には矢が突き刺さっていた。

空を見上げるように倒れる少女、赤い血がじんわりと服にしみ出していく。

「部長！」

私は彼女の下へなんとか駆け、矢を抜いて出血源である傷口を押さえようとする。

「石像が広場だけにあるとは限らない。巨塔には弓兵の像を潜ませてあります」

ミケランジェロは仕事は終わったと踵《きびす》を返《かえ》し、平然とどこかへ去ろうとする。

「——待ちやがれ！　テメェなんのつもりだ⁉」

そんなドスの利いた声で彼女を止めたのは、敵であったはずの武松だった。

「失楽園の戦力を鑑《かんが》みて、臨機応変に対処しただけです」

「だから騙《だま》し討ちか⁉　矢で討って仕舞いだってか⁉　それでも英雄かテメェは！」

「私はあくまで芸術家であって戦士ではありません」

「ミケランジェロ……！」

武松は戒刀を仲間へと向けた。

「私を斬りたいなら斬ればいい。ただしアナタはこの結界から出られなくなるかもしれません――つまり、どんな強者とも、もう二度と戦えなくなる生活です」

ミケランジェロは、私を一瞥《いちべつ》して冷徹に言い放つ。

「それに、彼女との戦いはまた必ずあります」

次第にぼやけていく世界。結界が解かれようとしているのだ。

武松は怒りで肩をふるわせ、しかし最後には大きく息を吐いてから告げる。

「――宮本《みやもと》絶花。テメェとの勝負はお預けだ」

その言葉を最後に、二人の姿はどこかへ消えてしまう。

私は部長を抱えて動くことができなかった。

敵の言葉に一つも返せず、ただ黙っていることしかできなかったのである――

Life.5　決起！　オカルト剣究部！

ベッドで眠るアヴィ部長を見つめる。

ここは彼女が住まいとしているワンルームマンションの一室だ。

「…………キミに責任はない、すべては自分の力不足、護衛役であるボクが悪いんだ」

長く重たい沈黙を破ったのはエルターくんだった。しかし私の気持ちは暗いままだ。

つい先刻、私たちは英雄派に襲撃された――そして部長は胸を撃たれた。

あの後、私は部長を応急処置し、負傷したエルターくんも連れて駒王町へと帰還する。

ベネムネ先生に連絡したことで、三大勢力の医療スタッフをすぐに派遣してもらえた。

本来なら回復に秀《ひい》でたアーシア先輩に頼りたいが、彼女は昇格試験のため冥界にいる。

「……ペンダントが、防いでくれなければ」

結果的に、致命傷に見えた一矢《いっし》は、彼女が首に下げていたペンダントに当たっていた。

治療中に取り外されたそれはロケット型で、中には女性の写真が収められている。

「……部長と、そっくり」

彼女の枕元に置いた壊れかけのペンダント、そこに映る女性と部長の顔はとても似ていた。自然と理解できる――このヒトが、部長の実の母親なのだと。

「エルターくんだけが悪いんじゃない。これは自分の甘さが招いたことでもあるんです」

「宮本……」

「私は、守れなかった」

部長を守ったのは、傍《そば》にいた己でなく、もうこの世にいない彼女のお母さんだ。

――情けない！　――自分の未熟さが情けない！

こんなに近くにいて、こんなに世話になりながら、何もできない自分の弱さが憎い。

「……私のどこが、強いんだ……！」

どんなに剣術ができようと、神　器《セイクリッド・ギア》を持っていようと、たった一人の大切なヒトも守れないじゃないか。勝手に自分と部長を比べて、私の方が強いだとか決めつけて。

――最弱最低だったのは私の心なんだ！

部長が頼ってくれた。部長が信じてくれた。なのにそれを裏切った。

「私が……私が、あの時ちゃんと、伝えてたら……」

言葉で傷つけたくなかった――いいや自分が傷つきたくなかっただけなのである。

でも本当の信頼関係があれば、言わなきゃいけないことは言うべきなのだ。

「……仲間だって、言ってくれたのに……」

剣や拳で喧嘩《けんか》をするように、心と心で喧嘩をすることだってあるだろう。

私は皆と向き合えていない以上に、己の弱さに未《いま》だ向き合えていなかったと痛感する。

「私は――……」

「っ！　立て宮本！　誰か来るぞ！」

エルターくんが構える。廊下に響く激しい足音。まさか英雄派が再び攻めてきて――

「――アヴィ！」

部長の名を呼んで、乱暴に開け放たれる扉。

現れたのはよほど慌てていたらしい、髪や服を大きく乱したシエストさん。

私たちの視線など気にせず、靴を脱ぎ捨てると、一目散に部長の下に駆け寄る。

「アヴィ……！」

シエストさんはベッドに横たわる部長を抱きしめる。

嗚咽《おえつ》混じりに彼女の名を呼びながら、優しく強くひたすら抱き続けた――

「――この子の母親、アウラは私の親友でした」

しばらくすると、落ち着きを取り戻したシエストさんが告白する。

「当時まだ許嫁《いいなずけ》だった私の夫――アヴィの父が、アガリアレプト家の末裔《まつえい》である彼女を保護したのが始まり。アウラは明るく楽しいヒトで、私たち三人はすぐに仲良くなりました」

エルターくんによれば、断絶した家の生き残りを保護するのは、その時を生きる悪魔にとって重要な役目なのだという。そして当時の二人もその務めを果たしたのだ。

「ただアガリアレプト家はルシファー直属六家。それも冥界の『機密』を司《つかさど》る特別な一族です。もし他の御家にその存在を知られようものなら狙われるのは必然。そこで三人で相談の末、アウラをアモン家の使用人とすることで、秘密裏に匿《かくま》うことにしたのです」

その時代では今以上に冥界の政治は安定してなく、それが最善の選択だったという。

「これによりアウラ・アガリアレプトの存在は、私と夫、そしてアモン家の上役である魔王ファルビウム・アスモデウス様しか知り得ませんでした」

狭く閉ざされた深い関係。病弱で先が短いと分かったアウラさんが、部長のお父さんと子を遺《のこ》したのは生存本能か、複雑な愛か、それとも別の何かか……私には判断がつかない。

それでもシエストさんが、部長を我が子のように愛おしんでいるのは明確だった。

「万が一にもアガリアレプト家が生きていると知られてはならない。病に伏したアウラはひたすらアヴィのことを心配していました――だから痕跡となりえる自分のものは何も残さないでほしい、墓標も弔いもいらない、最期《さいご》にはそんな頼みまでするほどに」

「じゃ、じゃあ、遺品を全て処分したのは……」

「すべてお嬢様のために……」

エルターくんと共に、かつて部長が語ったことの真相を知る。

「私はアウラと約束したのですよ。必ずアヴィに幸せな生涯を送ってもらうと。そのためにはこの子に恨まれ嫌われようと、どんなことだってします」

――時には大切なものを守るために、その大切なものを傷つける覚悟がいる。

黒歌《くろか》さんが口にした、優しさは厳しさの裏返しの話が思い出された。

「アヴィはまだ悪魔として幼い。母親のことは大人になってから伝えるつもりでした」

ですが、と続けて。

「サタナキア家にアヴィのことを知られてしまいました。個人的な推測としてあのネビロス家がその情報を与えた……と見ていますが、本当のことは何も分かりません」

先の英雄派のことを伝えると、シエストさんは同じ経路の可能性があると答えた。

「サタナキア家は、アヴィの出自を秘匿し、また彼女を護衛するエージェントを派遣すると申し出てきました。それが――」

「ボク、という、ことですか」

シエストさんは首肯《しゅこう》した。エルターくんは今回の仕事の裏側を知り、声を詰まらせる。

「サタナキア家はその見返りとして、アモン家と極秘の軍事同盟を結びたいという強気な要求。表の政治に干渉する影響力と、アモン家の武力を欲《ほっ》したのです」

「ボクが、実際に学園に来た、ということは……」

「要求を呑《の》みました。ただサタナキア家の間者を完全に信用することはできない。そこでアヴィの身柄をアモン領に戻すことで、成熟するまでの間の安全を高めようと考えたわけです——ただ、あなたへの信用問題については杞憂《きゆう》だったようですが」

シエストさんはエルターくんの表情、そして服で見えないが包帯に巻かれた左上半身を見て肩を揺らした。特別試験で主人を命がけで守る姿を見ているのだから尚更《なおさら》だろう。

「……しかし、この子の意志は、想像していたよりずっと固かった」

娘を案じて学園に来たシエストさん、彼女はそっと部長の髪を撫《な》でた。

「よほどあなた方が好きなのでしょう。こういうところも本当にアウラにそっくりです」

いまだ眠りの中にいる彼女の想《おも》いを汲《く》んだように述べる。

「シエスト様……ボクは……ボクはヒトに信用されるような……」

エルターくんが拳を握って声を震わせる。この親子は自分の存在を認めてくれた。

なのに自らは本名すら明かしていない、だから彼女もまた真実を話そうと——

「——……!?」

しかしエルターくんは口を閉じた。彼女の前に突然と魔方陣が出現したのだ。

「サタナキア家から連絡がきたのですね」

シエストさんは部長を見つめたまま、全てを見通すように冷静に言い当てる。

「行きなさい。あなたにもあなたの事情があるのでしょう」

「し、しかし……」

「ここには私と彼女がいますから」

シエストさんの言葉に、エルターくんは迷ったが、最後には頷きこの場を後にした。


—○●○—


シエストさんと二人きりになった静寂の部屋、共に部長を見つめながら言葉を紡《つむ》ぐ。

「……私は、部長を守れませんでした」

謝ったところで状況は変わらない。それでも黙ったままではいけないんだ。

「……狙われていると知らされていたのに、嫌われたくなくて部長から逃げたんです」

ゲームのようにやり直しはできない。どんな怒りをぶつけられてもいいと覚悟した。

「——逃げたい時は逃げてもいいと思います」

しかし彼女は、いつもの厳しさが完全に消え、柔和な表情で語りかけてくる。

「親からしてみれば、子が自らを追い詰め、その命を散らすぐらいなら逃げてしまえと思います。むしろ全てに立ち向かえるヒトなど、神や魔王様ぐらいではないでしょうか」

あくまで優しく、あくまで諭すように彼女は言葉を続ける。

「アヴィも気丈に振る舞ってはいますが、ライザー・フェニックスさんとの試験で気づき始めたとはいえ、まだ完全に過去に向き合うことはできていません」

彼を炎帝役にしたのはシエストさんで、娘の成長のためにと直接お願いをしたそうだ。

「これは私たち親の責任です。彼女は今もアウラの影を追ってしまっている。しかしアヴィの生はアヴィのものであって、けしてアウラになることはできません」

部長のためとはいえ、彼女を縛っていることに自己嫌悪《けんお》を抱くと瞑目《めいもく》して告げられる。

「……今回のこと、私に、怒ってないんですか？」

「私が怒るべき対象は、この子を狙った英雄派、そして保護者である自分自身だけです」

言葉が続かない私に、シエストさんは近づいて、正面から両手をこの肩に置く。

「本当に逃げたくなればいつでも逃げればいい。そしてゆっくり休みなさい。ご飯を食べて、本を読んで、家族とすごして……それで元気になったら、また進めばいいのですよ」

彼女は穏やかな笑みで私を見つめた。

「――たくさん成功してたくさん失敗なさい。あなたの一生はこれからなのですから」

私は、お母さんとの思い出がほとんどない。育ててくれたのはお祖母《ばあ》ちゃんである。

仕事の都合で年に一回会えるかどうかで、母親というものがよく分からないでいた。

だから正直、母親というものがよく分からないでいた。

「ありがとうございます、シエストさん」

だけど今ようやく――部長がアウラさんを想い続ける気持ちが、少し分かった。

シエストさんは、母親は、いつだって子供のことを抱きしめてくれるのだ。

私の中にあった焦燥も次第に和らぎ、蹲《うずくま》った自分が立ち上がり始めたと胸が熱くなる。

「……アヴィは、まだ起きそうにありませんね」

それからシエストさんは、寝息を立てる娘を確認すると姿勢を正す。

「少し、手伝ってもらってもよろしいですか」

彼女は異空間を開くと、その中から大量の食材を取り出した。

「料理をします」

「い、今からですか⁉」

彼女はテキパキとキッチンで支度をしながら。

「アヴィの容態は幸いにも軽傷だとベネムネ先生から伺っています。起き上がってもすぐ

に食事ができるでしょう――気力を取り戻すには、やはり食べることです」

私の調子が悪い時に、部長はマジカル☆メイトをくれたことを思い出す。

二人の目に見える性格は正反対だけれど、実のところは似ているのかもしれない。

「アヴィの好きなものはアウラに聞いています。そして作り方もアウラに教わりました」

彼女は手慣れた様子で、食材の下準備を始める。

「私の料理は食べられなくとも、アウラの料理なら食べられるでしょう？」

「シエストさん……」

「惜しむらくは彼女が亡《な》くなった時、レシピノートも処分せざるをえなかったこと。アヴィのためにも取っておきたかった……今や作り方は私の頭の中にしかありません」

的確な手つきで、アウラさんに学んだ通りに、調理を進めていく。

このヒトは全部覚えているのだ。レシピの端から端まで全部暗記したのである。

「ふふ。冷蔵庫を見ても随分と中は寂しいです」

「部長は自炊とかあんまりしている様子ないですね……」

シエストさんと喋《しゃべ》りながら、できる限りで私も手伝う。

「生活もギリギリなのでしょう。何度援助をすると言ってもあの子は拒否しましたし」

「そ、ソーナ会長に色々助けられていると聞いてます、食べ物とかも頂けますし」

「ええ。シトリー家には仕事も紹介してもらっているとか。彼女たちには感謝しかありません……そこの隅に何冊か新聞があるでしょう。配達用でなく自宅用らしいですが」

「自宅用……？　部長が新聞を読むんですか……？」

「あの子のことだから掃除にでも使っているのでしょうね。あれは人間界にいる悪魔やその関係者に向けた新聞で、どうやら早朝から配達の仕事をしているようです」

あの広告チラシをすぐ入手したのも、それが数少ない仕事先だったからと分かる。

……でも、そうか、だから部長はいつも遅刻ギリギリで登校してたんだ。

「早く、元気な部長の姿が見たいですね」

「ええ」

シエストさんは料理の最中、まだ物心つかない頃の部長の話をしてくれた。

悪魔が子供を作るのは非常に難しいらしく、アガリアレプト家を秘匿する以上お祭りみたいには騒げないようだが、それでも限られたヒトたちで盛大にお祝いしたという。

親友の子は自分の子と思えるほど、とても嬉《うれ》しかったと楽しげに語っていた。

「……こうなってしまうと、アヴィにも真実を話さなくてはいけませんね」

実母のことを知らせるのは成熟してからと決めて、部長のためにと距離を取っていた。

シエストさんはとても不安そうで、嫌われ続けてもこれにはやはり勇気がいるという。

子供だけじゃない、大人になっても、怖いものはあるのだ。

「――こんなところでしょうか」

きっと何度も練習したのだろう。シエストさんはあっという間に料理を完成させる。

この短時間で一品だけでなく何品も、しかも量的にもたくさん用意してしまった。

「ひ、ひとまず一食分だけラップして……後はタッパーに入れて冷凍庫でいいですよね」

「アヴィのような若い子なら、これぐらい簡単に完食するのでは？」

男子なら百人前ぐらい余裕と部長も叫んでたけど、まさか親からも同じような台詞《せりふ》を聞くことになるとは……私のお腹《なか》ならともかく、彼女にはちょっと厳しいと思いますよ！

そう説得して二人で保存用を作ると、そのまま一緒に洗い物まで済ませてしまう。

「大変助かりました。お陰でスムーズに料理ができましたよ」

「い、いえっ！　私ほとんど何もしていないですっ！」

味見とか片付けとかばかりで、役に立てたとは思えない。

しかしシエストさんは、にこりと笑って私を優しく抱きしめた。

「宮本《みやもと》さん。アヴィと一緒にいてくれてありがとうございます――お転婆で元気すぎる子だけど、これからも娘のことを頼みますね」

それに力強く頷くと、シエストさんはよろしいと満足そうに離れる。

時刻はもう夜を迎えており、部長は私に任せ、今日のところはこれで帰るらしい。

しかし彼女が最後に身支度をしていると、突然着信音が鳴った。

「——……アスモデウス様……眷属《けんぞく》の……直通回線……？」

音の発信源はシエストさんの携帯で、彼女は液晶画面を見ると眉をひそめた。

雰囲気だけなら上司からの連絡のようで、私を一瞥《いちべつ》してから通話をオンにした。

相手側はなにやら焦《あせ》った口調で喋っていて……。

「……冥界でクーデター⁉　それでアモン領にも魔獣が出現したと⁉」

そう復唱したシエストさんの目が驚きで見開かれている。

しかしその先に続いた言葉は、聞いている私さえも震撼《しんかん》させる事実であった。

「——赤龍帝が、倒された？」


—○●○—


シエストさんの話だと、冥界で大規模な戦いが突如勃発したのだという。

主犯は大陸の大英雄、曹操《そうそう》を名乗る人物が率いる英雄派の集団。

彼らは神滅具《ロンギヌス》で生み出した、豪獣鬼《バンダースナッチ》という巨大な怪物たちと共に各地を制圧している。

さらには旧魔王派と呼ばれる、現代の悪魔たちに反感を抱く勢力も加わったとか。

『――アヴィに渡さなくてはいけないものがあります』

アモン家は、冥界政府の軍事を司《つかさど》る、魔王ファルビウム・アスモデウスの直轄組織。

当主である部長のお父さんは、既に冥界の首都防衛に駆り出されたという。

しかし自らの領土であるアモン領にも豪獣鬼の一体が迫っており、当主代行を務めるシエストさんは、一刻も早く冥界に帰還しなくてはいけない状況になってしまう。

『――あなたに届くようなんとか手配します。それをアヴィに渡してください』

よほど重大な代物なのか、シエストさんは私を信頼し、そうお願いして去って行った。

「リアス先輩……皆さんも……大丈夫かな……」

シエストさんの目には決意があった。あれは死を覚悟した者の目だ。

実際、立ち聞きしてしまった限りでは、リアス先輩の眷属である赤龍帝《せきりゅうてい》が倒されたという――重篤状態ではなく、もし最悪の事態になっていれば、その衝撃は計り知れない。

「あ！　絶花《ぜっか》ちゃん！」

もやもやした気持ちのまま、今日の放課後を迎えることになる。

昨晩寝たきりだった部長は、顔色をよくして旧武道棟で待っていた。

「部長……お身体《からだ》の具合は……」

「もう全然平気！　無理はするなって言われてるけどね！」

いつも付きっきりだったエルターくんの姿も今日はない。

朝から学校を休んでおり、憶測だが冥界での戦が関係しているのだろう。

「あとご飯もありがとね！　絶花ちゃん料理も上手だね！」

シエストさんは、人間界にとどまれないと悟り、部長との話し合いを断念した。

状況の混乱を嫌い、料理は私の手製ということにしてくれとお願いされたのである。

「不思議なんだけどさ。すごく懐《なつ》かしい味がしたんだ」

「あ……」

「お母さんの料理を思い出したよ。偶然なんだろうけどすごく嬉しかった」

彼女はどこか遠くを見て、寂しげな表情を浮かべていた。

当たり前だが私はアウラさんと面識がない。だから偶然と片付けられてしまう。

――違う。あれを作ったのはシエストさんだ。

偶然なんかじゃない。あの料理には彼女の想《おも》いが一杯詰まっているのだ。

「……それから、ごめんね。あたしが出しゃばったせいで大変なことになって」

町での英雄派との戦いのことで、部長は私に大きく頭を下げた。

「私も……なにもできなかったです……だから、ごめんなさい」

「あはは！　絶花ちゃんが謝らないでよ！　でもお互い謝ったのならおあいこだね！」

部長は昨日の一件を、もう気にとめていない様子だった。

私が引きずっていると思ったのか、相変わらずハツラツな調子で元気づけてくれる。

それからリルベットとシュベルトさんも部室にやってきた。

「ベネムネ教諭もエルター・プルスラスも不在のようですね」

「無理ないっすよ。情報統制されてますけど冥界が大変らしいっすから」

「ソーナさんに聞こうと思ったけど、先輩方みんないないからね！」

まだ明確な情報は入ってこない。私たちはしばらく話してから今日は解散となった。

娘には保護者である自分が真相を伝えなくてはいけない――シエストさんはそう言っていた。それは分かる……分かるけど、部長が彼女を誤解したままなんて辛《つら》すぎる。

私は複雑な想いを抱えながら、オレンジ色に染まる空の下、とぼとぼと帰路につく。

「――迷える子羊がいるようだね」

落としていた視界に、正面から誰かの影が映り込んで。

「ぜ、ゼノヴィア先輩――!?」

そこに立っていたのは、戦闘服にローブを纏《まと》った、私の直《じき》先輩であった。

「な、なな、なんでここに……冥界が大変だって……！」

「途中離脱していてね。今は天界で修復中のエクス・デュランダルを待っている状態だ」

聞けば曹操という人物と戦い、相棒である聖剣を破壊されてしまった。

武器を直すため、外交官的立場である紫藤《しどう》先輩の護衛のため、一時離脱中だという。

「立ち話もなんだ。座って少し話そう」

ゼノヴィア先輩に促され、近くにある公園まで歩いて、ベンチに並んで座る。

「……それで、待ち時間があるとしても、どうして天界とやらから駒王町へ？」

「たるんだ後輩に一撃入れようと思っ——冗談だよ。そんなに距離を取らないでくれ」

すると先輩は、いつも聖剣を収納している異空間から、布に包まれた剣を取り出す。

「先輩の新しい剣ですか……？」

「いいや。これはキミへの届け物だ」

「届け物……あ！　シエストさん！」

「よほど大事な剣なんだろうね。ものすごい経路で私の所まで来たよ。魔王アスモデウスからサーゼクス・ルシファーへ、サーゼクス・ルシファーからミカエル様へ、ミカエル様からイリナ、そして——私から絶花だ」

彼女は爽やかに笑って、それをこちらに差し出した。

長く複雑な、シエストさんができる最短最善ルートで、この手に届けられる。

私は一つ深呼吸をして、そして両手で剣をしっかり受け取った。

「……これは……」

布越しでも剣の声は聞こえるが、もっと鮮明に聞きたいと包装を解いてしまう。

「美しい剣だな」

先輩が言うとおり、それは立派な両刃剣だった。

エクスカリバーやデュランダルのような伝説の剣というわけではない。

聖剣や魔剣や妖刀のように、特別な能力を秘めていることもないだろう。

「これを使っていた剣士は、きっと高潔な人物だったろうね」

刀剣としては珍しくない、普通の上等物といったところ。

しかし大切に手入れされており、なにより刃から優しさのようなものが伝わってくる。

――アヴィが幸せな毎日を送れますように。

この剣の持ち主、アウラ・アガリアレプトの、そんな強い想いが込められているのだ。

「……シエストさん、ちゃんと、遺《のこ》してあげたんじゃないですか」

あれだけ厳しく振る舞うヒトが、これだけは捨てることができなかった。

いつか部長に渡そうと、大事に……大事に……取っておいたんだ……。

「今日は風が強いね」

「…………」

「砂埃《すなぼこり》がよく目に入る」

「…………はい……」

それからゼノヴィア先輩は黙って空を見つめている。

私は剣を強く握って、溢《あふ》れ出《で》るものに思いを馳《は》せるのだった。

―○●○―

「――絶花。冥界は窮地にある」

しばらくして、ゼノヴィア先輩が冥界で起きたことを話してくれた。

英雄派の頭目とされる曹操の強さ。彼の仲間の一人が神滅具《ロンギヌス》『魔獣創造《アナイアレイション・メーカー》』を所持しており、一体の超獣鬼《ジャバウォック》と二一体の豪獣鬼を生み出して冥界に放ったこと。

自分が想像していたよりもずっと、冥界は危機的状況であることが分かる。

「いずれの魔獣も規格外のサイズだ。わかりやすく表現するなら超巨大モンスターだね」

それらが通った場所は、文字通り何も残らないという。

「耐久力も攻撃力も桁違いと言っていい。現状その進撃を止めることはできていない」

「シエストさんの話だと、アモン領にも魔獣が現れたって……」

「一二体の豪獣鬼はそれぞれ別々の場所に召喚された。その内の一体がアモン領に放たれたんだろうね。ひときわ強力な超獣鬼は、冥界の首都リリスへ進攻していると聞く」

今現在どうなっているのか、ゼノヴィア先輩でもまだ正確なことは摑《つか》めないという。

「絶花にこの剣を届けさせた人物も、自らの死の覚悟をしたんだろう」

もう二度と会えないかもしれない。だからここまでして私に剣を託したのだ。

「……そうだ……先輩も、あの、赤龍帝のヒトが……」

「知ってるよ。でも心配はいらない。こんな所で死ぬような男ではないからね」

「……信頼、してるんですね」

「なにせハーレム王になると豪語しているんだ。おっぱいを求めて必ず復活するさ」

おっぱいを求めて……か、どこかで聞いたような言葉だ。

「乳力《にゅうパワー》で不可能を可能にする。それこそが乳龍帝だよ」

「にゅ、乳力？」

「魔力とは異なる未知のエネルギーだ。アザゼル先生がそう命名した」

乳力は私の使う乳気《にゅうエナジー》と似たものだと感じる。

しかし決定的に違うのは、乳龍帝はそれを肯定的に使っているということ。

おっぱいと敵対する自分とは正反対だ。

「いいじゃないか。後ろ向きな気持ちで戦うのも」

私の心情を読み取ったように、ゼノヴィア先輩が得意げに笑う。

「冥界でクーデターが起こる前に、黒歌《くろか》から仙術を失敗したことは聞いている。どうやってもおっぱいから離れられない——それならば、おっぱいを使い倒してしまえばいい」

先輩は教会の戦士として、数々の巨悪と戦ってきた過去がある。

強敵と渡り合う中で、ヒトの力の源となるのは、正の心だけではないと知ったという。

憎しみ、苦しみ、恨み嫉《そね》み、むしろそういった心もまた強い力を生むのだ。

「だ、だからって、おっぱいを使い倒すとか……」

「せっかくあるものを有効活用しないのは怠慢だぞ」

「そ、そうなのかもですけど……」

「絶花には私にない繊細さがある。暗い感情に支配されることもないだろう」

彼女はひとりでに納得しウンウンと首を縦に振っている。

「絶花は絶花だ。乳龍帝とは違う。彼と同じ王道を進む必要はない」

無理に真似《まね》なんかしなくていいと先輩は力強く助言してくれる。

「なに難しいことはない。おっぱいへの後ろ向きな気持ちを剣に込めるのさ——敵対するおっぱいは全て自分の仇《かたき》だと考え、片っ端から斬って斬って斬りまくれ」

「の、脳筋理論……で、でも、そうすると私のおっぱいが大きくなって……！」

「巨乳になるのが嫌なのかい？　だったらもっと神器《セイクリッド・ギア》に乳気を送ればいい」

天聖には、胸に蓄えた乳気を、刀身や身体を纏うオーラに変換する能力がある。

ゼノヴィア先輩はそこに注目し、とてもシンプルな結論を導き出す。

「乳気は使えば減る――なら簡単な話じゃないか。最終的におっぱいが大きくなってしまうのは、乳気を放出する量よりも、吸収する量が上回っているからだろう」

私の身体に電流が走った。ありふれた需要と供給の法則が思考を過《よぎ》る。

「じゃ、じゃあ、私が力をもっと使いまくれば……おっぱいは小さくなる？」

「そう考えるのが自然だね。そこまで深く悩むことでもないだろう？」

朱乃《あけの》先輩は頭を横に振り、黒歌さんも根本的な解決方法はないと言っていた。

しかし真《ま》っ直《す》ぐに生きるゼノヴィア先輩だからこそ、導き出せるものがある。

「あ、ありがとうございます！　私ようやく気づけました！」

「ふふ。これでも高校生だからね。直先輩としてこの程度分かって当然さ」

私が崇《あが》めるように視線を送ると、先輩は目に見えて鼻を高くしていた。

こういう分かりやすいところが彼女の強さだし、慕ってしまう理由なのかもしれない。

「でも、私、それだと、傍《はた》から見ると本格的に危ない人間のような……」

「言うなれば闇堕《お》ちおっぱいドラゴン、その剣士版といったところかな」

おっぱいに誰より抗《あらが》い、おっぱいを斬りまくり、おっぱいの力を使い倒す剣士。

色々とツッコミどころがあるし、これだともっと周りに避けられてしまいそうだが……。

「私から見て、絶花《ぜっか》に仲間はいれど、ここ一番の勝負は自分だけで戦う剣士だろう?」

「勝負は普通、孤独なものでは……?」

「うん。その感性だ。王道とは離れるだろうけど、まずはその道を突き進めばいい」

「おっぱいを愛するのが王道……ならおっぱいと戦う道っていうのは……」

これから進む道、果たしてそれをなんと呼んだらいいのだろうか。

「自らを律し力に溺れず、されど己こそが絶対と信じ、いずれ最強の剣士と成る――」

疑問を持った私に、直先輩は悪魔らしくニヤリと笑って教えてくれる。

「――私はそれを、武士道と呼びたいね」


―○●○―

ゼノヴィア先輩と再会した後、私は部長の所には寄らず自宅に帰った。

本来ならシエストさんから受け取った剣を、すぐに渡しに行くのが正しいのだろう。

彼女がまだ病み上がりというのもあるけれど……。

なにより一度、自分自身に向き合いたかったのだ。

なんと言ってこの剣を渡そう。なんと言って彼女と相対しよう。

これから自分はどうしたいのか。私が部長に伝えたいことは何なのか。

「──言うんだ」

翌日の放課後、私は届けられた剣を背負い、旧武道棟へ赴いていた。

緊張しないわけではない。それでも逃げる時はもう終わったのだ。

呼吸を整えてから扉を開けると──

「実力試験、合格⁉」

開口一番、部長の驚きが轟《とどろ》いた。

既に私以外のメンバーは集まっていて、今日はエルターくんもいるようだ。

「お嬢様の試験は合格、それがシエスト様からの伝言です」

「おかしいよ！　だってあたし英雄派に惨敗《ざんぱい》だったんだよ！」

なにやら揉《も》めているようで、部長とエルターくんが対峙《たいじ》していた。

それからリルベットとシュベルトさんも、執事の合格判定に対して意見を言う。

「審査項目一ページ目一〇項。テロリストに敗北した場合は大幅な減点とありますが」

「僕としては合格ならいいじゃんって思いますけど……まぁ、釈然とはしないっすね」

納得できない部長の気持ちは分かる、と二人は思案顔をしている。

「ボクだって理解しているさ。でもシエスト様が合格と言う以上は仕方ないだろう」

エルターくんも悩ましげだが、クライアントの意向には従うしかないという様子。

「あ！　絶花ちゃん！　ちょっと聞いてよ――」

それから部長は、納得できないという事情について教えてくれる。

生活や学業に対しては、ちゃんと合格ラインまでポイントを獲得できた。

しかし肝心の上級悪魔としての分野では、特別試験でかなり稼いだものの、英雄派に敗北したことでほぼ帳消しになったという――無情な判定にも見えるが、上級悪魔であればテロリストに負けることはあってはならないのだ。

突然襲われたから負けましたでは、王として眷属《けんぞく》は率いれないし、なによりも自らの領民を守ることはできないのである。この敗北は言い訳ができないことなのだ。

「英雄派に襲われたのは試験期間内！　だったらこの合格はおかしいよ！」

「しかしお嬢様……」

「これは勝負だったんだ！　確かにあのヒトは嫌いだけど堂々と挑んだつもり！　なのに

理由も言わず勝手に合格って……そんなの、ズルいじゃん！」

彼女がシエストさんと反目しているのは全員が知っている。

だからこそ、部長は真剣に試験に臨んでいた。

自分の実力を証明するために、自分の存在を証明するために。

なのに最後は一方的に合格という宣告——これまでの努力は無意味で、結局は母親の匙《さじ》加減《かげん》で決まってしまうのかと、この不条理な決着に部長が憤《いきどお》ることに共感はできる。

「……シエスト様からの言伝《ことづて》を申します」

だけど執事のエルターくんにはどうしようもない。

「合格によりお嬢様は人間界に留まることになります。次期当主についても保留です。ただし——お嬢様以外にアモン家の悪魔がいない場合は、当主の座に命じるとのことです」

なぜシエストさんはこんな強引な判断を下したのか。

その伝言の内容を聞いて、私にはやっと理解ができた。

——部長を、守りたいんだ。

冥界は危機的状況にある。ゼノヴィア先輩の話によれば魔獣を倒す算段もない。

なにより最後に見せたシエストさんの目は、死ぬことを覚悟した者の目だった。

もっと言えば、魔獣や旧魔王派と戦う、部長のお父さんやお兄さん——アモン家の全滅すら視野に入れていたとも考えられる。だから部長は安全とされる人間界に留《とど》め、自分たちにもしもがあればと、残される領土や領民を任せることにした。

「……全部……私の思い込み……勘違い……」

この推測は間違っているのか、一瞬そう迷うが——背に差した剣のことを思い出す。

いいや間違いじゃない。シエストさんは二度と会えないかもしれない娘を信じたんだ。

「ボクを正式に眷属にするかどうかはお嬢様の判断に委ねるそうです。ただ英雄派の襲撃があったばかりということで、人間界でしばらくお供しろとの命です」

つまり護衛の仕事は続行ということ。最後の締めまでちゃんと計算されている。

「どう言っても、結果は変わらないんだね……」

「はい。これは決定事項です」

「……分かった。分かったよ！　そんなに言うならずっと人間界にいる！」

部長は悔しそうに視線を落とした。

「親もお兄ちゃんもいなくなったら当主になる？　どうせそんな日は来ないよ！　今回のクーデターだって何とかするんだろうし……もうアモン家には二度と行かない！」

シエストさんは、部長がこんな風に意固地になると分かっていて、間違っても今の冥界に来ないようにと理不尽に振る舞った……私が言うのも何だけれど不器用なヒトだ。

娘のことが大好きで、親馬鹿どころか親大馬鹿とすら言える。

「――シエストさんにまだ言いたいことがある。ならぶつかるべきだと思います」

重たい沈黙が流れる空間に、私のハッキリとした言葉だけが響いた。

突然に口を開いた私に、皆は随分と驚いた様子である。

自分でも分かってます。この場でそんなことを言うような人間じゃないですよね。

「ぜ、絶花ちゃん……？」

散々に逃げ回っていた私に、そんな発言をする資格はないのだろう。

だけどこの親子のことを知って、今生の別れとなりかねない現状に黙っていられない。

「部長、冥界に行きましょう」

重ねたその発言に、もはや全員が絶句という状態だった。

「シエストさんは厳しいヒトです。だけどすごく優しいヒトでもある。彼女の想《おも》いを何も知らずにこの場に留まるのは間違っています」

「絶花ちゃんに……あの人の何が分かるの……？」

部長からこれまで向けられたことのない低音が投げられる。

でも、ここで臆するようなら、私はいつまでたっても弱虫のままだ。

「ほとんど、知りません」

「だったら……」

「でも、シエストさんが、娘であるあなたを愛していることは知ってます」

実力試験を共に乗り越える中で、私はつくづくあのヒトの愛を思い知らされた。

「私はお母さんとの思い出がほとんどありません。部長のように剣や他の何かを教わってもいない。仕事が多忙で、学校の面談にも授業参観にも、一度も来てくれませんでした」

今は部長が羨ましい。彼女には短くともアウラさんとの日々があった。そして娘のためだけに学園に来て、不器用に世話を焼こうとするシエストさんがいる。

「――シエストさんから、部長に渡してくれと頼まれたものがあります」

私は背にしていた、布に巻かれた遺品を渡す。

「こ、これって……！」

中身を見て、部長はまさかと面を上げる。

「お、お母さんの、剣だ……」

「シエストさんがずっと持っていました。いつか成長した部長に渡したかったんです」

ここで過去の経緯を全て話すのは違う。その役は私ではない。

それは親子で語り合うべきだ。自分が言葉にするのは大事な一部だけでいい。

「だけど冥界で大きな戦いが起きて、渡せなくなって、それで私に託したんです」

「娘ともう二度と会えないかもしれない、そう考えたんだと思います」

高等部の先輩方が総出動、ベネムネ先生の姿もなく、試験も強制終了──本当は部長だって、今の冥界での戦いが、ただの小競《こぜ》り合《あ》い程度でないことは理解しているはずだ。

「このままで、いいんですか」

私の問いかけに、彼女は俯《うつむ》いてしまう。

「……よく、ないよ……けど、今更なにをしても……」

これまでの自分も、大事な場面で同じように臆していた。

でもそんな時、いつも手を引っ張ってくれたのが彼女だ。

「──諦めなければ可能性は無限大！」

なら私も同じ想いをもってその手を取ろう。

「私の大好きな部長は、いつもそう言っていました！」

「絶花ちゃん……」

「私はあなたに感謝しています！　あなたみたいに明るくなれたらって憧れと妬みがあります！　気合い一辺倒のせいで大変なことも多いけど毎日楽しいです！　だから！　いつも私の前を行く部長がただ諦めるなんて──そんなの、そんなの、間違ってる！」

「ど、どうして……」

彼女は恩人だ。オカ剣のかけがえのない仲間だ。

それらが一体どういう意味を持つか、結局のところ私はちゃんと分かっていない。

「どうして、そこまで……」

だけどやっと気持ちの整理がついた。これでようやく私は彼女に並べる。

「友達だからっ！」

傷つけるのも傷つけられるのも嫌だ。

でも黙って無視するのはもっと嫌なんだ。

「恩人でも、仲間でも、先輩でも、なんだろうと関係ない！」

友達なんだから、対等なんだから、言いたいことを言うんだ。

「最強の剣士になるんでしょ！　だったら親のことぐらい乗り越えろぉぉ──っ！」

これだけ声を、感情を、張り上げたのは初めてだった。

私はひとしきり言い切ると、呼吸を乱しながら目の前の友達を見つめた。

彼女はポカンとしていて、それからカッと目を見開いて──

「い、い、言ってくれたねぇー！」

上等だという風に、力強く一歩を踏み出す。

「そこまで言われたらあたしも黙ってないよ！　絶花《ぜっか》ちゃんに言いたいこと言う！」

「私に言いたいことがあるならどうぞ！」

「暗い！　声小さい！　モジモジしてる！　気配が薄くて急に声かけられると驚く！」

グサ！　グサグサグサ！

「黙っているとただの美少女！　めちゃくちゃ剣術の才能あって羨《うらや》ま悔しい！　身長あるのいいな！　巨乳でいいな！　優しいし真面目！　実は熱血！　一番頼りになる！」

グサグサ！　グサグ……サ？

「絶花ちゃん大好き——っっっ！」

そう締めくくると、激しく息を荒らげながら、気持ちよくサムズアップを決める。

「あたしも、絶花ちゃんのこと——大切な友達だと思ってるよ！」

出会った頃に見せた、いやあの時以上の、満開笑顔を見せてくれる。

「ありがとう。あたしのために色々言ってくれて」

「部長……私こそ……ありがとうございます！」

「あはは。今度は感謝と感謝でおあいこだ。むしろ感謝が二乗で絆《きずな》パワーアップ？」

今度は私から右手を差し出す。

部長はそれを元気よく握ってくれて、私たちはしばし互いを見つめ合う。

「……なんなんすかこれ。友情エンドは尊いですけど二人の世界展開しすぎっす」

「……美しいぶつかり合いでした。同じく絶花の友として感動の一言です」

置いてけぼりだったオカ剣メンバーが、苦笑したり感涙を催している。

「──よし！」

部長が皆の方に勢いよく振り返る。

「冥界に行こう！　カチコミだよ！　あたしに付いてきてくれるヒト！」

「もちろんお供します。我が剣と騎士道、いま発揮しなくていつ見せますか」

「やれやれっす。大スケールの親子喧嘩《げんか》になりましたね。部員として僕も付き合います」

部長はこれからシエストさんの下に行く。

現地がどうなっているのか、そして出会った結果どうなるか、今は何も分からない。

けどそれを邪魔するなら、豪獣鬼《バンダースナッチ》も英雄も旧魔王派も、全部倒してしまえばいいのだ。

「親子喧嘩のついでに、悪いの全部、やっつけましょう……！」

そう言った私に、部長は力強く拳を掲げた。

「うん！　オカルト剣究部、全員で冥界を突っ走ってやろう！」

やることは決まったと、今まさに動き出そうとした寸前、彼女が立ちはだかる。

「お待ちください！」

オカ剣に制止をかけた唯一の人物──それはエルターくんだった。

一転して静まりかえる空間、エルターくんが厳しい口調でそれを破る。

「なにを勝手に話を進めている。お嬢様は人間界に留まっているのが最善なんだぞ」

「エル。あたしは冥界に行くよ」

「なりません。ボクも各方面から報告を受けています。冥界はいま戦場なのです」

執事は断固として首を縦に振らない。

「シエスト様のご意志を汲《く》んでください」

「あたしにはあたしの意志がある。もう我が身可愛《かわい》さで曲がったことはしたくない」

「それは、そうですが……しかし上からの命令には逆らうべきでは……」

エルターくんは仕事に生きてきた、そう考えてしまうのは仕方ないのだろう。

「あたしもさっきは諦めかけたよ。でも絶花ちゃんが勇気をくれたんだ」

そして今はリルベットもシュベルトさんも付いてきてくれる。

「あたしは皆に誇れるあたしになりたい！　だから真《ま》っ直《す》ぐに突き進む！」

大事なのは自らの弱さを知って立ち向かうこと。

いつも命令されて素直に従うようでは、本当に欲しいものは手に入らないのだ。

「――……それでも、それでも、ボクは！」

エルターくんはナイフを抜いて、私たちの前に立ち塞がる。

「シエスト様からだけではありません。ボクの属する組織からもアヴィ・アモンの身を守れとの任が下っています。そして昨日――ボク個人への追加重要命令として、お嬢様を駒王町から絶対に外へ出すなと言われました」

「色々気になる部分はあるけど、理由を聞いてもいいかな」

「ボクをここに派遣した組織はアモン家の大半を見限ったのです。あの赤龍帝《せきりゅうてい》が敗れたことが決定打でした。魔獣を止めることはほぼ不可能だと判断、今回の戦でシエスト様並びにその一族は戦闘不能――いえ、戦死することがほぼ確定と見ています」

シエストさんはサタナキア家と軍事同盟を組んだと告げていた。

しかしそれを反故《ほご》にし、アモン家を助けず、アヴィ部長だけを生存させる――

「そうなれば必然的に次の当主はお嬢様です」

「タチの悪い組織っすねー。部長さんを当主にして上手《うま》く利用したいわけっすか」

「立て直したばかりの御家は脆《もろ》いもの。悪魔らしいと言えば悪魔らしい策略でしょう」

黙って聞いていた二人も眉をひそめている。だけど部長は納得した様子を見せて。

「なるほどね。よく分かったよ……でも、エルは優しいね」

「優しい？　ボクが？　理解しがたい発言です」

「だって、わざわざそんなこと教える必要ないでしょ？」

サタナキアの名前は出せない。その代わり婉曲《えんきょく》に組織と言い換えたり、裏側で何が起きているのかの詳細を語ってくれた。当主となる部長を操りたい側としては喋《しゃべ》りすぎだ。

「……ボクは、お嬢様を守るのが仕事です」

彼女は更に殺気を高めた。武器を片手に今までで最も鋭い視線を浴びせてくる。

エルターくんは実力行使で、オカ剣の冥界行きを止めようとしているのだ。

これに剣士である私はどう応えるべきか——簡単だ、実力で乗り越えれば良い。

「ぜ、絶花ちゃん⁉」

私は躊躇《ためら》いなく天聖を抜いた。その行動に部長が慌てた様子を見せるが。

「どういうつもりだい、宮本《みやもと》」

「そのままの意味です、エルターくん」

相容《あいい》れぬ考えに、私たちは睨《にら》み合う。

「……本気なのか。その選択は大きな後悔をもたらすかもしれないのに」

「……信じます。なにせ諦めなければ可能性は無限大ですから」

ここでエルターくんは私から視線を外し、主人である部長へと目をやる。

「今の冥界は危険です。生きて帰れる保証はない——それでも、行かれますか？」

どうしても意志は変わらないのか、彼女は再び尋ねた。

「行く！」

部長は即答だった。それを聞いた執事はしばし瞑目《めいもく》してから。

「ボクはお嬢様を駒王町から出すわけにはいきません。そういう命令を遂行中です」

執事からの冷たい返答に、部長はやはり許してはくれないのかと拳を握る。

「ところが謎の剣士の妨害にあう。それも相当な手練《てだ》れで激しい戦闘に。そうすると主人へ気を配る余裕もなく……その間、たとえお嬢様が姿を消されてもボクは気づけません」

彼女が遠回しに何を言いたいのか、それはもう明白だった。

「――どうか、お気を付けていってらっしゃいませ」

これが執事としての最後の言葉、そんな風に見えるほどの想《おも》いが込められていた。

「え、エル……あり……！」

部長がお礼を言いそうになって止める。エルターくんのためにそうしたのだ。

「――宮本、校舎屋上で待っているよ」

エルターくんはそれだけ言い残すと、颯爽《さっそう》と旧武道棟を去っていったのだった。

「絶花ちゃん……」

「ええ。分かってます」

安心してください。自分が何を成すべきかは理解していますから。

「部長たちは一刻も早く冥界へ行ってください」

「うん……」

「もちろんエルターくんのことも、任せてください」

「うん……っ！」

リルベット、シュベルトさん、私が行くまで部長のことをお願いしますね。

それから三人が冥界へ転移するのを見守っていると——

「……っ！　絶花ちゃん！　オカ剣は皆が揃《そろ》って初めてオカ剣だよ！」

転移魔方陣の中から、身を乗り出すような勢いで部長が叫ぶ。

私はそれに大きく頷《うなず》いてから決意を口にする。

「約束します。どれだけ離れようと必ず追いつくと」

部長が突き出した拳、それに拳を合わせ、私は三人が旅立つのを見届けた。

「天聖」

『決闘だな』

私の呼びかけに彼は嬉《うれ》しそうに笑った。

いざ行こうか、彼女が私を待っている——！

Life.EX　戦闘校舎のサタナキア

「――ここは全てを一望できる」

校舎屋上に行くと、エルターくんは背を向けたまま告げた。

「まさか学校に通える日が来るなんて思わなかった。ボクはこの景色を忘れない」

彼女は無駄のない動作で振り返り、つとめて冷静に私に視線を合わせる。

「こうしてキミと戦うのは二度目だね」

彼女が本当は女の子だと目撃した時以来である。

「思い返せば、あの日から全てがおかしな方向に進んだんだ」

「エルターくんが本当は女の子だなんて、はじめは想像もしませんでしたよ」

「絶対の秘密だったさ。けどキミにバレた。辱《はずかし》められたことも忘れてない」

「あ、あれは、偶然のアクシデントだったんです。もう時効にしてくれませんか?」

「拒否する。胸を褒められ……しかも、も、揉《も》まれるなんて初めてだったからな」

記憶力が良《い》いのか、あるいは実は根に持つタイプか、彼女は次々と舌鋒《ぜっぽう》を飛ばした。

「だが最期《さいご》に礼は言っておこう。キミは確かにボクの秘密を守ってくれた」

「私もあなたに感謝しています。今回だって部長を見逃して一対一にしてくれました」

「見逃したわけじゃないさ。キミと戦うのはお嬢様のことを考えてだ」

彼女は完全に仕事人の顔をしていて、袖から出したナイフを右手に握る。

「いつか必ずキミを抹殺する――ボクはあの日そう宣言したね」

彼女にとってこの状況は、任務のため、因縁を決着させるために設けられた。

「ボクは一度定めた標的は、絶対に逃さない」

遠目から見ても、濃密な魔力が彼女に纏《まと》わりついていく。

「本来なら疑似空間を用意したいんだけどね。代わりに人払いと障壁は張っておいた」

大規模な空間を生み出す時間や力は、全てこの一戦のために注がれている。

「そして宮本が相手なら全力を隠す必要もない」

シエストさんの紹介通りなら、悪魔の眷属《けんぞく》としては最強の駒である女王《クイーン》に適する実力。

中学三年生ながら、その魔力量だけなら、高等部の先輩方にも匹敵すると見える。

「――やるよ、天聖」

私は既に抜かれている相棒を右手にして彼女と相対する。

「キミは二刀流だろう。もう一本の刀も使えばいい」

かつてのリルベットとの決闘と違い、今回は左手用の刀は持ってこなかった。

私の冷静な視線は、エルターくんの身体《からだ》に向けられる。

「石像に斬られた左腕、痛むんですよね」

「………………！」

皆といる時間は自然に振る舞っていたけれど、私の目は誤魔化せない。

戦闘に使えないわけではないだろうが、十全な状態であるとは到底言えないだろう。

ゆえに使う刀は一本のみ。しかし不安はない。一刀流の手ほどきは散々に受けている。

「……つまりキミは、ご丁寧にもハンデをつけてくれたわけだ」

エルターくんは目尻を鋭くして鼻で笑った。

「否定は、しません」

これから私は部長を冥界に行かせるための一騎打ちをする。

しかしこの勝負は部長のためだけでなく――自分とエルターくんのためでもあるのだ。

「私、エルターくんと友達になりたいです」

突然の告白に、彼女は目をパチクリさせる。

「あなたは私の敵じゃない。だから不等な条件の勝負はしたくなかった」

勝負が実力の世界であることは百も承知、それでもこうすると決めたんだ。

「その考え方は甘いと忠告したはずだよ」

「本当にいけないのは、自分が無自覚にそういう行動をしていたことです。でも私は私が甘いと知った——お互いが傷つくのを分かった上で、このハンデをつけました」

この戦いは命が懸かっていても、彼女を殺すことが目的ではないのだ。

「ヒトはどれだけ厳しく振る舞おうと、完全に甘さを捨てることはできないと思います」

もしも完全に捨てた存在がいるなら、それは人形や機械と何も変わらない。

「ボクは人形で機械さ。自分の意思なんてものはない。だから友達にもなれないよ」

彼女は吐き捨てるように言った。しかし私は知っているのだ。

一緒にご飯を食べて、一緒に裁縫をして、一緒に町で遊んで——

無機質に付き合っていたら、あの日々の楽しさは生まれなかっただろう。

「今度は私が教えてあげます。甘さも捨てたもんじゃないって」

言葉だけでは伝わらなくても、この剣をもってそれを伝えよう。

「だから戦いで証明します——あなたは、どこにでもいる普通の女の子だって」

サタナキア家に従うしかない傀儡《かいらい》、その思い込みを斬ってみせよう。

あなたは自分を変えられる。あなたは自由に生きられる。

リアス先輩に道を照らされたように、私も彼女にそんな夢を見せたい。

「ならば戦いで反証しよう——ボクは、キミたちとは違うんだということを」

これ以上の問答に意味はない。

勝負を始めようと、互いの視線が鋭く交差する。

「二天一流、宮本絶花《みやもとぜっか》――推して参ります！」

「エルター・プルスラスだ――キミを抹殺する！」

煌《きら》めく刃、交錯する呼吸音、鳴り渡る両者の足音――

屋上全体をあますことなく使用した、息一つもつかせぬほどの攻防を繰り広げる。

「天聖！」『Evolution!!《エボリューション》』

彼女の乳気《にゅうエナジー》はまだ奪えていない。それでも私には私が持つおっぱいがある。

おっぱいを使い倒せ。数ミリほど自身のバストを減らし莫大《ばくだい》な力に変換する。

「落花狼藉《らっかろうぜき》――！」

「――執政の剣《ジ・オズワルド》！」

放った必殺の一刀は、寸前でエルターくんの刃に防がれる。

しかし威力を殺し切れたわけではない、彼女は力で負けて転がりながら吹き飛んでいく。

「――っ――やはり近距離は分が悪い――ならば――！」

エルターくんは武器を捨てて、空いた右手を支点に空中に飛び上がる。

私との距離を取りつつ、腕の痛みに顔をしかめながらも左手から魔力を雨の如《ごと》く放つ。

「二天一流、紫陽花《あじさい》！」

一発一発の威力は高くない。全ては無理でも自分に直撃するものだけ瞬速切断する。

多少の掠《かす》り傷は問題ない――重要なのは、彼女を再び私の間合いに捉えること。

「二天一流、藪蘭《やぶらん》！」

闘気を過剰に巡《めぐ》らせての高速移動、彼女の視界に残像を映しながら接近する。

「道化の糸《ワイズ・フール》！」

捉えきれない私の実体、そして縮まる距離、彼女はすかさず両手から二本の糸を放った。

前回のように、何本も使って蜘蛛《くも》の巣《す》を張るわけではないようだが――

「使えるもの全て使ってキミを倒す！」

先の魔力による五月雨攻撃により、フィールドはズタボロで脆《もろ》くなっている。

二本の糸はそれぞれ私の左右に伸びて、屋上の一部を巨大な瓦礫《がれき》として持ち上げた。

それらは私を挟み潰そうと、両サイドから波の如く押し寄せてきた。

「……スピードを緩めたら……上から殺《や》られる……！」

ならばと足で屋上を踏み抜くと、一瞬だけ身体が下にある階に沈み込む。

頭上で瓦礫同士がぶつかる音がした――私は床に足をつける時間も惜しいと、強引に体勢を入れ替えて、そのまま力業だけで屋上へと急浮上する。

「っ――！　どこから――！」

思いのほか跳びすぎてしまい、前方眼下にエルターくんの姿を捉える。

足下にある衝突した瓦礫を踏み台にし、そのまま一直線に彼女まで飛んで行く。

「宮本！」「エルターくん！」

刃と刃がぶつかった。金属の擦れる音が強く響く。

「ボクは、キミたちのようには生きられない！」

「それは、諦めてるだけです、やってみないと分からない！」

天聖の能力を発動すべく、エルターくんの胸元を狙うが防御が固い。

しかも彼女は全身に武器を仕込んでいて、いくら得物を破壊しても次々に現れるのだ。

「キミは孤独だったかもしれない！　だけど家族はいた！　そして仲間もいる！」

「エルターくんも、もう私たちの仲間です！」

「違う！　ボクはいつも誰かの敵だ！　どこにも味方なんていない！」

彼女がそこまで強情を張るのは、自身の過去が本当にその通りだったからだ。

生まれた時から居場所がなくて、生き残るために独りで戦い続けてきた。

きっと私の想像が及ばないぐらい――過酷な日々だったのだろう。

「だったら、変えなきゃいけないでしょ……！」

迫り来る暗器群を、片っ端から破壊した。

ようやく見えた僅かな間隙《かんげき》、私はねじ込むように天聖を走らせて………獲《と》れる！

「──変えられないよ。ボクは挑戦しない。見える正解の一手だけを取り続ける」

ガキン！　と天聖が弾《はじ》かれた。

「私の、剣が……斬れなかった……⁉」

斬れると思った彼女のおっぱい、それが執事服によって防がれたのである。

「──ボクの主要武器《メインウエポン》である鋼糸は、自身の魔力を織り込んで作った特別製でね」

狙い通りの結果だとしながら、体勢を崩しかけた私にナイフを向ける。

「──キミの神器《セイクリッド・ギア》は胸から力を奪う。故に対策は胸元に強力な防具を装備すること」

いや執事服は破けている。私の剣を弾いたのはその下に着込んだインナーだ。

「特注の軍用防刃服に、ボクの鋼糸をありったけ縫い合わせた──対宮本絶花仕様だよ」

私を必ず抹殺すると宣言した通り、エルターくんはずっと対策を練っていたのだ。

以前ほど糸を乱用しないのは、それを攻撃力でなく防御力に回したから。

私は見事に対処され、寸前で急所は外させるが、鋭利な刃が皮膚を掠めていく。

「いつかこんな瞬間が来る──今後の可能性、ボクは最初に予感していたとも！」

甘い一太刀であの防具は突破できない。かといって下がれば相手をより勢いづかせる。

一旦は剣による攻撃を中止し、私は接近を利用して不意の頭突きを放とうとするが——

「シミュレーション通りだよ！」

エルターくんの殺気が際立《きわだ》ったその時、目前の彼女が急に口をすぼめた。

その奥からはキラリと光が見えて、彼女はフッと何かを飛ば——……

「っ！」

私は思わず攻撃体勢を解いて、大きく後退してしまう。

じんわりと滲《にじ》む鉄の味。私は血と共に濡《ぬ》れた特大の長針を吐き捨てた。

「その動体視力には感嘆しかない。まさか歯で噛《か》んで止めるだなんて」

「口内にも、武器を仕込んでいたんですね……」

「決め手の一つだった。だけどほぼ完璧に防がれた」

「驚きましたよ……もし殺気の波に気づかなければ……というかこれ間接キス……」

「そういう発言をするな。こっちまで恥ずかしくなってくるだろ」

全身武装に卓越した魔力操作、想定していたよりずっと隙がない。

「でも一連の攻防で分析は完了した。キミはすぐにこの防刃服を斬ることができない。服のダメージを見ても、最後に剣ではなく頭突きを選択したのを見ても、そう判断できる」

彼女の公正で中立な目は、自分にも相手にも偏らない、完全正解だけを導き出す。

「突破には複数回の攻撃が必要。意地を張らず二刀流だったら話は別だったろうにね」

彼女は分析を参考にし、着込んだ防刃服にさらに魔力を纏《まと》わせた。

「念のため更に強度も上げたよ。最低でも一撃二撃は十分に耐えられる。キミはおっぱいを奪って強くなれず、そしてボクはその隙を絶対に逃さない」

エルターくんは流れるような証明にピリオドを打つ。

「――チェックメイトだ、宮本絶花」


―○●○―


どうだボクは間違っていなかっただろう、目でそう語っていた。

私の能力は知られている。対策も万全にされている。

追い詰められて絶体絶命の状況――でも、そんなのはいつものことだ。

「……チェックメイトって、勝敗が確定した時にだけ使う言葉ですよね？」

その問い返しに、彼女は眉をひそめながらも答えてくれる。

「その通りだ。悪魔らしくチェスになぞらえさせてもらったよ。日本人のキミのため念押しするなら、将棋の王手とは違う——キミの敗北は絶対に回避できないものだ」

いわゆる詰みという状態。だからこそエルターくんも自信を持って宣言したのだ。

「結局、キミは甘いから負けた、そしてボクになにも証明できずに終わ——」

「おっぱいは、不可能を可能にする」

乳龍帝みたいにおっぱいを愛することはできない。

だけど、おっぱいの持つすさまじいエネルギーを、私は身をもって知っている。

「あなたはまだ知らない。おっぱいがどれだけ恐ろしく、そして強い力を秘めるのかを」

「あいにくボクはおっぱいが小さい悪魔でね。そんなに言うなら少し分けてほしいよ」

悪あがきをしていると思ったのか、彼女は馬鹿にした様子で首を竦《すく》める。

「分けることはできません。でも成長しないおっぱいはおっぱいじゃない」

「まさしくだよ。今後大きくならないボクのおっぱいは、おっぱいでないわけだ」

「いいえ。エルターくんのおっぱいはおっぱいです」

「…………？」

アクシデントとはいえ、実際に触ったことがあるからこそ断言できる。

あれほど柔らかく美しいものが、おっぱいではないなんて絶対に言わせない。

「あなたのおっぱいは、これから成長する」

「追い込まれておかしくなったのかい？　発言がもはや意味不明だよ？」

彼女が押し殺してきたもの、それを今度こそ解き放ってみせよう。

私は黒歌《くろか》さんとルフェイさん、二人に仙術の稽古をつけてもらった。

あの時は大失敗と言ったけれど、もしもあれをこの戦いに活《い》かせたら――

「私も宣言しましょう。チェックメイトです、エルターくん」

天聖を中段で構える。はたして可能か。いや諦めなければできるはずなのだ。

「――面白くないジョークはうんざりだよ、宮本！」

エルターくんは憤《いきどお》った様子で、またも大規模な魔力攻撃を放つ。

容赦のない一斉乱射により、屋上全体に無数の風穴が開けられていく。

「私がやりたいこと、分かってるよね天聖」

『無論。しかし相手から乳気を奪っていない状態。自分の乳気だけを酷使すれば死ぬぞ』

「おっぱいなんかに私は負けないよ？」

『つふ。そうか。ならば存分にやるがいい。今回はあの女も邪魔をしない』

仕掛ける前に相棒へ数言、彼は準備はできていると答えてくれた。

『おっぱいを求め、おっぱいを信じろ――さすれば二刀乳剣豪《にとうにゅうけんごう》の道は開かれん』

私は大きな一歩を踏み出し、力一杯に叫んで駆けだした。

「いざ覚悟、エルターくんのおっぱい！」

私はエルターくんのおっぱい目指して、ひたすらに突っ走る。

「ちょこまかと……！」

数百か数千かそれ以上か、魔力攻撃の手数が増えていく。

『Evolution《エボリューション》Evolution《エボリューション》Evolution《エボリューション》Evolution《エボリューション》Evolution《エボリューション》Evolution《エボリューション》Evolution《エボリューション》!!』

これまで蓄えてきた、自分の乳気を全部エネルギーに変換する。

吸収ができていない状況、放出する量が増えることで、みるみる内に私のおっぱいは小さくなっていく——その代わりに『簒奪《Dual》』をしなくとも自身を超強化することができる。

「破っ！」

何百何千何万、いくら多くの攻撃をされようと、その全てを撃墜していく。

自分でも計れないほどの闘気量。手にした天聖も音速を超えている。

『絶花《ぜっか》！　存分にとは言ったが飛ばしすぎだ！　生命力が枯渇《こかつ》して本当に死ぬぞ！』

「おっぱいが小さくなって、最高の気分だよ！」

彼女に近づきさえすれば勝機はあるのだ。

飛んでくる魔力も、暗器も、瓦礫も——立ち塞がるものは全部、斬る！

「なんてオーラの量……本格的に人間とは呼べないよキミは……！」

いくら遠距離攻撃を浴びせても私の進撃は止められない。

状況悪しと判断したエルターくんは、魔力の雨に紛れながら私に迫ってきた。

陰から放たれるナイフ、受け止めた天聖と鍔《つば》競《ぜ》り合《あ》いになる。

しかしもう一度打ち付ければ、エルターくんのナイフは脆《もろ》く壊れてしまう。

短剣、短刀、苦無《くない》と次々に得物を繰り出すが、私はその全てを木《こ》っ端《ぱ》微塵《みじん》にする。

「おっぱいへの道を――！」

「武器が通じない……ならっ！」

エルターくんが身体《からだ》をひねり、勢いを付けた左足で私の頸椎《けいつい》を狙う。

『Evolution《エボリューション》!!』

私は防御しなかった。いや正確には天聖の能力によって身を守ったのだ。

接触の瞬間に、乳気を防御のエネルギーに変換《へんかん》、首元にそれを一点集中した。

「確実に折れる威力で蹴って――、どうなっている――!?」

焦《あせ》った時にはもう遅い。彼女が片足を地に戻す頃には間合いだ。

「これが私の新しい奥義《おうぎ》――」

エルターくんは逃げられないと見るや、顔面頭部を十字に組んだ両腕《クロス・アーム・ブロック》で覆った。

胸元には防刃服がある、適切な判断だろう――これまでの宮本《みやもと》絶花が相手なら。

「……っ⁉」

ガードの隙間から覗《のぞ》く彼女の目が見開く。なにせ私が天聖を空へ投げ捨てたのだ。

刃が迫ると思いきや、私が突き出したのは空になった両手だけ。

そしてこの右手と左手を――

「あんっ⁉」

私の両手がエルターくんのおっぱいを揉《も》んだ。彼女は思わず嬌声《きょうせい》を上げてしまう。

「き、きき、キミは一体どういうつも――」

これが冗談でないのは、すぐに理解することになる。

両手は闘気による黄金色と、黒歌さん直伝の仙術の暗黒色で輝いていた。

黒金の粒子が、私の腕を嵐のように渦巻き、揉んでいるおっぱいに注入されていく。

「乳技《にゅうぎ》――黒撫散花《くろなでさんか》！」

私はおっぱいを小さくするために仙術を習った。

しかしその結果は小さくするどころか、むしろおっぱいを巨大化させてしまったのだ。

原因は神器のせいというが確実なことは分からない。とにかく私の仙術はおっぱいを大きくすることしかできない――ゆえに一度は、禁断の技として封印すると決めていた。

「おっぱいよ！　大きく育てぇぇぇ！」

しかし今こそ禁を破り、彼女に対して使わせてもらう。

「ぼ、ボクのおっぱいが――ふ、服が弾《はじ》け――っ！」

私の両手に揉まれたエルっぱいが、急激にそのサイズを大きくさせていく。

はち切れんばかりの巨乳になり、限界を迎えた防刃服が内側から破け飛ぶ。

「見えた！　おっぱい！」

エルターくんの、素晴らしい巨乳が世界へ解き放たれる。

生まれたままの姿、これが本来の成長を遂げたエルターくんのおっぱいなのだ。

「二天一流、奥義――」

彼女の服が吹き飛んだと同時、狙ったとおりに天聖が右手に落ちてくる。

「……っ！」

しかしこれで決めると踏み込もうとすると、私は突如すさまじい目眩《めまい》に襲われた。

おそらく『Evolution《エボリユーション》』を乱発した反動が来たのだ。

自分の乳気を酷使するな、天聖の言った通り無理が祟《たた》ったのである。

「まず――」

なんとか姿勢を正して抜刀モーションを維持する。

しかし数秒のラグがあった、これだけあるとエルターくんからカウンターが――

「ジェイミー！」

殺《や》られる、と思ったその時、エルターくんが思わず叫んだ。

ふらつく視界を戻すと、目前の空中には小さな羊の人形がいる。

……エルターくんの相棒……服の中にいて、彼女と一緒に戦ってたんだ……。

私を相手に最も安全な場所が、防刃服の中であり、そこに隠していたのだろう。

ただ乳技により服は破けた、よって宙に放り出されてしまう。

「二天一流」

ジェイミーを見捨てれば、その間に反撃すれば私に勝てただろう。

しかし彼女は、自分のことよりも相棒を選んだ。

落下するジェイミーを両手で必死に受け止め、それからようやく私を見上げる。

「奥義五番――」

私が間違っていた。あなたはどこにでもいる普通の女の子ではない。

エルターくんは公平で中立で、強くて、律儀《りちぎ》で、可愛《かわい》いものが好きなヒトで。

「―― 柳暗花明《りゅうあんかめい》！」

大切な誰かのために命を使える、とっても優しい女の子だ。

Perpetual check.

「——こんなの全然スマートな戦いじゃない」

私とエルターくんの勝負により、半ば崩壊してしまった校舎屋上。

隣で同じく仰向けになっている彼女が、力なく空に向かってそう呟《つぶや》いた。

「でも結局、ボクは完敗した」

彼女は落ち込んだ表情で空を仰ぐ。

「英雄たち相手に護衛の役目も果たせず、宮本にも勝負で負け、何もかも失敗だよ……」

「全てが失敗ではないですよ。エルターくんは確かに私を止めたんですから」

こうして寝転がっているのは、力の使いすぎで動けなくなってしまったからだ。

これでは冥界にいる部長を追いかけることができない。

勝負に勝って、試合に負けた——いや、引き分けのようなものだ。

「それに証明するなんて言ったけど、エルターくんは私の想像を飛び越えました」

「飛び越えた？　ボクが？」

「機械でも、人形でも、普通の女の子でもなかったんです」

だって人形一つのために、命を捨てる覚悟を見せたのだ。

「――そこまで甘すぎるヒトだとは、まさか思いませんでした」

私が隣に笑いかけると、彼女は一瞬のしかめっ面《つら》を見せて――ぷっと吹き出した。

「っはは。はははは。そうだね。ボクはとんでもない甘ちゃんだ」

しばし笑っていたが、彼女は相棒ジェイミーを大切そうに胸に埋《うず》める。

「この子を作った後、弱気になったり落ち込んだ時はいつも話しかけていた」

部長の試験官、特別試験、町での護衛、いつも密《ひそ》かにジェイミーは傍《そば》にいたという。

「本音を言うと強いキミと戦うのも怖かった。そしたら一緒に戦うって声が聞こえてね」

「まさしく相棒、ですね」

「うん。でもこれは心理学でいう移行対象効果だ。ジェイミーが人形にすぎないことは理解している。それでも――この子を見捨てることだけは、どうしてもできなかった」

自分はまだまだ未熟者だね、とエルターくんがはにかんだ。

「それから念押しするけど、キミがまたも破廉恥行為をしたことは絶対に忘れない」

う……防刃服を攻略するためとはいえ、今回は自らの意思でおっぱいを揉みました。

「この雪辱は必ず果たす――次の勝負で、今度こそキミを抹殺するよ」

そして再びの抹殺宣言をくらってしまう。

「でもキミのことだからなぁ。おかしな言い訳を重ねて逃げられかねないからなぁ」

わざとらしく独白した後、エルターくんは得意げな顔をして。

「──だから次の勝負の約束をしよう、友達としてね」

友情が懸かっていれば絶対に逃げないだろ、と彼女は微笑《ほほえ》んだ。

「うん！　約束します！　いつか勝負を！」

私にまた友達ができる。可愛いものが好きでとても優しい悪魔の女の子だ。

「──ところで、いつまで地べたに寝そべっているつもりだい？」

同じ状況にあるはずなのに、彼女はどこか叱るように言ってくる。

「早くお嬢様に助力しろ。キミはもう十分に休んだだろう？」

「それはそうなんですけど、本当に身体が動かなくて……」

「最後にボクから奪った乳気《にゅうエナジー》とやらがあるだろ？　あれを使えないのかい？」

巨乳化したエルターくんのおっぱいは、もともとの美乳サイズに戻っている。

よほど濃密な乳気を秘めていたのか、それを吸収した私のおっぱいも元通りだ。

というか……むしろやや大きくなったような？　エルっぱいすごすぎません？

『──自身の生命力を犠牲にしすぎたな。オーラは十分だが肉体が追いついていない』

見かねたようにおっぱいが光って、天聖がそんな助言をしてくる。

『そしてガッカリする前に教えておく。自分の乳気を過剰に使用すれば、一時的におっぱいは小さくなるが、しかし永続的に小さいままというわけではないと思うぞ』

「え⁉　そうなの⁉」

『乳気はヒトの生命力だ。当然ながら食事や睡眠で回復する』

例えば激しい運動をしてスタミナを使い切っても、その後も永遠にスタミナ切れであるわけはない。天聖の言うとおり、しっかり寝て休めば、体力は元の状態に戻るのが自然だ。

「そ、そんなぁ……あ、じゃあ絶食で不眠になれば……」

『身体《からだ》に悪いからやめておけ。それにオレとしては大反対だが、小さくすることを延々と繰り返せば、僅かな可能性として少しずつサイズダウンしていく恐れもまだあ――』

「可能性がある！　やった！　私は大賛成だよ！」

過度に喜ぶ私に、天聖は溜息《ためいき》をついている。

『――それから悪魔の少女。お前のおっぱいは終わってなどいないぞ』

「ど、どういう意味だい？」

『絶花《ぜっか》の術によっておっぱいが活性化された。それにより胸の成長が再び始まったのだ』

「ボクのおっぱいが、成長するの……幼少からずっと押し込めてきたのに……？」

『おっぱいの力を侮《あなど》るな。それにお前は元来おっぱいポテンシャルがあったらしい。だからこそ一度の簒奪《さんだつ》だけで、絶花もここまでオーラを回復できた』

天聖のおっぱい愛は本物。彼の言うことに間違いはないと私はエルターくんを励ます。

「そっか、もう一度、大きくなるんだ、ボクのおっぱいは」

彼女は嬉《うれ》しさを噛《か》みしめるように呟くと、自身のおっぱいをぎゅっと腕で抱き留める。

「……宮本《みやもと》、やっぱりキミは冥界に行かなくちゃダメだ」

するとエルターくんは、なんとか小さな異空間を開き、そこから何か取り出して——

「元気が出ない時は……これだろう？」

その手にはマジカル☆メイトが握られていた。

「キミにしてもらったことをボクもしよう。食べて元気になれ。身体が動かないなんて関係ない。最後は気合いでなんとかする——それがキミたちの流儀のはずだ」

私はマジカル☆メイトを受け取る。大当たりの虫食いドラゴンアップル味だ。

「ありがとうございます……それから半分、あげます」

「キミが全部食べ——ってもう食べ終わったのか⁉　というか立ち上がってる⁉」

『絶花』

マジカルパワーを接取して、私は既に起き上がっていた。

「わ、分かってるよ……」

もちろん余裕なんてことはない。足はガクガク震えて今にも倒れそう。

空元気もいいところ、だけどエルターくんの言うとおり諦めていいはずがないのだ。

部長が、私たちを待っている――！

「友達としては、キミに負けているわけにもいかないねっ」

するとエルターくんも、マジカルパワーを接取して、ボロボロの状態で立ち上がった。

「それでだ。これから冥界に転移しなくちゃいけないんだけど……」

彼女はお手上げというようなポーズをする。

「正直、冥界に転移できるほどの魔力がボクに残ってないんだ。本当はこの屋上を修繕する分くらいの魔力はとっておくつもりだったけど……ものの見事に底をついた」

私も転移を可能にする魔法や妖術は持っていない。

「そもそも人間界から冥界へ行くのは本来簡単じゃない。駒王町の地下にはグレモリー領へ直結する列車があるみたいだけど……お嬢様のいるアモン領には行けないだろう」

この情勢下、列車が動いているかどうかも不明である。

気合いを振り絞るのはいいが、転移ばかりは難しいのだと彼女は暗に告げた。

「――私は、部長と約束をしました」

悩ましげに策を講じるエルターくんに、私は自信を込めて行動を示す。

「朱乃《あけの》先輩が教えてくれた、重要なのは願いを強く想《おも》うこと」

「宮本……？」

「そして呼びたい悪魔の姿を思い浮かべる。特におっぱいをイメージすると上手《うま》くいく」

私はオカ研流（？）の召喚術を暗唱しつつ、懐《ふところ》から一枚の銀色のカードを取り出した。

「魔王ルシファー様の紋章……！　どうしてキミがそんなものを……！」

本当は、ずっと前から意識していたことだった。

随分と呼び出すのが遅くなってしまった。職務怠慢で命を取られるかもしれない。

「それでも、私は、皆を助けに行きたい！」

指に挟んだ簡易型魔方陣、それを目前にて構えて叫ぶ。

「――召喚《サモン》ッ！　銀髪美人メイドお姉さんのおっぱいッッッ！」


―○●○―


刻まれた紋章が、紅《あか》く紅く光り輝く。

すると頭上の雲から雷鳴が轟《とどろ》き、周囲の瓦礫《がれき》を飛ばすほど強烈な風が吹き抜けていく。

「っ……！」

次第に銀色の魔力があふれ出て、圧倒されそうになる力に必死に耐え忍ぶ。

刹那、魔方陣が最大の輝きを放ち、雲を突き破って巨大な銀柱が出現した。

「――宮本絶花様からの召喚を確認」

雷鳴と暴風が収まると、そこには美しい銀色の悪魔が立っていた。

「グレイフィア・ルキフグス、求めに応じここに参上いたしました」

恭《うやうや》しく礼をする彼女は、メイド服でなく、ボディラインが浮き彫りになる戦闘服姿。

髪も一本の三つ編みにしており、出会った時よりも一層凛々《りり》しい印象を受ける。

「……ルシファー忠臣六家筆頭！　……銀髪《ぎんぱつ》の殲滅女王《クイーン・オブ・ディバウア》！」

彼女の登場に腰を抜かしかけたエルターくんを、切れ長の銀眼が一瞥《いちべつ》する。

「なぜだ……どうしてあなた様ほどの悪魔が、簡易魔方陣から……！」

「私が、宮本様と契約をしている悪魔だからです」

「――――――！」

エルターくんは絶句していた。とても信じられない事実だという表情だ。

「しかし宮本様。私を呼び出すのが少々遅いのではありませんか？」

彼女はボロボロになった私とエルターくん、そして破壊されつくした屋上を見渡す。

「些細《ささい》なことでもご報告をと、お願いしたはずなのですが」

「そ、それについては申し開きのしようもないというか………ごめんなさい！」

エルターくんの不審な動向を察知、まして戦闘になったらグレイフィアさんを呼ぶ手はずだった──しかし私はそれを実行せず、あまつさえ自分が戦ってしまったのである。

「彼について何か掴《つか》んでいたはず。なのに連絡不通。これに弁明があれば聞きますが？」

「……あ、ありません」

「言い訳をしないと？　それは私との今後の関係に不和をもたらすかもしれませんよ？」

「……それでも……言うことはありません！　ごめんなさい！」

グレイフィアさんへの連絡係を怠ったこと、それはいくら謝罪しても足りない。

だけどエルターくんの秘密は守ると約束した。これが自分のエゴだって理解もしている。

でも保身で彼女を売るようでは、本当の友達なんて呼べない。

「宮本……」

彼女と向き合うと決めた選択は間違いではない。間違えてないから友達になれたんだ。

──私は、自分の選んだ道を後悔していない！

「し、心臓でも、何でもどうぞ！　で、でも、できれば両手だけは残してください！」

悪魔を欺いた罰は受ける。好きなものを持っていってくださいと潔《いさぎよ》く直るしかない。

ただ心臓くらいなら何とかなりそうだけど、手がないと剣を持てないので……あ、もし良かったらおっぱいでもいいです。おっぱいはいくら無くなっても困らないですから。

「——っふ。お嬢様が私にあなたを紹介したわけです」

怖々と瞑《つぶ》っていた目を開けると、銀色の美女はやれやれと薄笑みを浮かべていた。

「宮本様はなんだか可愛《かわい》い、なるほど頷《うなず》けます」

「えっと……ぐ、グレイフィアさん？」

自分が出し抜かれたような形なのに、グレイフィアさんはむしろ楽しそうだ。

「よろしい。宮本様——いえ、絶花様の謝罪を受け入れます」

「え⁉　許してくれるんですか⁉」

「過程はどうであれ、あなたは十分に成果を出しましたから」

グレイフィアさんは、満身創痍《そうい》の執事に視線を移す。

「——そうでしょう、エルター・サタナキア？」

途端に緊張が走った。このヒトはもう全部知っているという様子だ。

「私の調査力を侮りましたね。やや手こずりましたが既に正体は割れていますよ」

「そうか……さすがは魔王ルシファー様の女王《クイーン》だね……」

「学園運営者たるグレモリー家に対し、あなたは名前を偽り、性別を偽り、経歴を偽り、事前告知もなく学園で極秘活動をした。裏の大家とはいえあまりに出過ぎた行動です」

護衛という目的はあれど、これは現実社会では許されない行いとされる。

「あまつさえ学園の一部も破壊した。アモン家の弱味を握り脅迫取引をしたことも知れています——サタナキア家には一連のことを、公の場で釈明する義務が生じます」

「サタナキアの悪魔を、表舞台に立たせ追及しようというのかい……？」

「同じ六家出身者として忠告しますが、いつまでも裏の支配者でいられると思わないことです——世界は、新世代たる彼らによって動き始めている」

高度に政治的な話が展開され、私にはその全ては理解できない。

しかしグレイフィアさんは、これをサタナキア家を洗う契機にしたいのだ。

「……誰も表舞台には立たさないさ。彼らはいつも通り上手く躱《かわ》すだろう」

「そうでしょうか？　では私の前にいるあなたは誰なのですか？」

銀色の眼に見つめられ、エルターくんが思わず息を呑《の》んだ。

「絶花様はあなたを友だと認めた。そしてあなたの秘密も守ろうとした」

「ボクは……」

「彼女の友であるならば、正々堂々と生きなさい」

同じ六家の悪魔に、あなたは誰だと諭され、ついに彼女は大きく面を上げた。

「——ボクは、エルター・サタナキアだ」

プルスラスを名乗る必要はない。偽りだらけだった生が本物へと変わる。

「サタナキア家の悪魔として表に立とう。そして自分が知っている限りのことを話す」

家の者として認められてはいない。しかし私と勝負して物的証拠も状況証拠も押さえられた。そして高名な悪魔らしいグレイフィアさんが、彼女をサタナキア家の悪魔として認識したのだ。ならば本家が何と言おうが関係ない。

冥界の大多数のヒトは、エルターくんを、エルター・サタナキアとして扱うのが必然だ。

「口封じをしようと刺客が送られてくる可能性は高い。しかし貴重な証人を危険に晒《さら》すわけにはいきません──あなたの身柄は、我が主サーゼクス・ルシファー様の名の下に、厳重に拘束させていただきます」

言い方は厳しいが、これは保護をすると同義だ。

エルターくんの真名はついに回復され、逆に彼女を虐《しいた》げてきたサタナキア家は追い詰められる……グレイフィアさん、すごく優しくて、そして容赦ない手腕の持ち主だ。

「それにしても、絶花様が大暴れしてくれたお陰で想定以上に事が進みました」

「い、いやぁ、それほどでも……」

「校舎屋上もこんなに平らにして。本当にあなたは元気が良《い》いですね」

グレイフィアさんの目が笑ってない。ご、ごめんなさい……。

「――それで、私を召喚された理由は？」

そうだ。本題はここからである。

「私たちをアモン領に転移させてほしいんです。実は部長たちが――」

「かしこまりました」

まだ説明しきってないのに、いとも簡単にオッケーが出てしまう。

「今しがた赤龍帝《せきりゅうてい》が復活し超獣鬼《ジャバウォック》を討伐。また魔王アジュカ・ベルゼブブ様が対魔獣プログラムを開発。それを用いディハウザー・ベリアル様も豪獣鬼《バンダースナッチ》の一体を討伐しました」

戦況は一つ大きく区切りがつき、本当に絶妙なタイミングで彼女を召喚できたようだ。

「ただ対魔獣プログラムはまだ行き渡っていません。予断を許さない状況は確か。私としても冥界に少しでも戦力を集めたく――むしろ助力をお願いしたいぐらいなのですよ」

そう苦笑するグレイフィアさん。彼女自身もこの後すぐに戦線へ復帰するという。

「それでは転移を実行します。私の力をもって必ずやアモン領へつなげましょう」

グレイフィアさんが力強く微笑《ほほえ》み、銀色の魔方陣を私たちへ向ける。

「ではご武運を――それと、おっぱいと叫ばれて召喚されるのは少々恥ずかしいです」

き、聞こえてたんですか⁉　色々と、本当に本当に申し訳ありませんでしたぁ――！

Open game.

冥界で大きな戦いが起きた。アモン領には豪獣鬼が現れた。

弱い悪魔に何ができるんだって、自分でもそう思う。

あたし——アヴィ・アモンは、それを全部承知でここに来た。

「っぁ……！」

アモン領に転移してすぐ、豪獣鬼の姿に圧倒される。

かろうじて人型をしているが、角《つの》や爪や尾など、様々な動物の特徴も備えていた。

見上げるほど身体《からだ》は大きく、加えてその肉体から次々と小型魔獣を生み出している。

「——神滅具《ロンギヌス》とは、これほどまでに規格外な力を有しますか！」

「——ちっこい魔獣をいくら倒しても、すぐに増産されて無意味っす！」

皆で小型魔獣と戦いながら、破壊された街の中を駆け抜けていく。

目指すはアモン領の中心にいる、この災厄の原因である豪獣鬼の所だ。

「——見えました！　部長の母君です！」

リルちゃんの指さす彼方《かなた》には、豪獣鬼と一騎打ちをしている女性悪魔がいた。

しかし彼女は強大な一撃を防げず、空中から街道へと叩《たた》きつけられてしまう。

いてても立ってもいられなくて、彼女が落下した場所へ一目散に走って行く。

「……あ、アヴィ……なぜ冥界に……来たの……」

そこには傷だらけになったあのヒトがいた。思わず瓦礫《がれき》に埋もれた彼女の背を支える。

「ひどい怪我《けが》っす。すぐに手当てをしないと──」

「こんなもの……ただの掠《かす》り傷、です……」

住民を避難させるのがどれほど困難だったか。

満身創痍のアモン家の兵士たちの中、今や一人で豪獣鬼を食い止めていたのだ。

「……まだ、僅かに領民が……残されています、……私は……戦わなくては……」

全身から血を流し、魔力も大半を失って、それでも彼女は立ち上がろうとする。

「なんで、そこまで、するの?」

つい出てしまった本音。そんなの貴族の責務だと答えるに決まって──

「私が、好きだから、ですよ」

しかしあのヒトの第一声はそうではなかった。

「あなたの父と、あなたの母と、すごしたこの街が好きなんです」

アモン領から出られなかった母と、唯一足を運べた青春の場所なのだと告げられる。

「貴族としては、まずは領民と領土のためと、答えなくてはいけないですが……」

彼女は苦笑すると、痛みに耐えながら自力で立ち上がってしまう。

「あなたたちも、逃げなさい」

彼女はこちらに背を見せ、豪獣鬼からあたしたちを守るように立つ。

「――最期《さいご》に会えて、嬉《うれ》しかったですよ」

あのヒトはそう言い残すと、ゆっくりと敵のもとへ歩いて行く。

段々と遠ざかっていく背中は、ついてくるなと無言で物語っていた。

お母さんの剣は持ってきている。でもこれで豪獣鬼を倒すことはできないだろう。

――最弱最低の上級悪魔、自分が役に立たないことは分かってるんだ。

――知ってるよ、あたしの剣が弱っちいってことぐらい。

絶花《ぜっか》ちゃんの戦う姿を見ていると、これが本物の剣士なんだと思い知らされる。

――どれだけ努力しても、絶花ちゃんには追いつけないかもしれない。

――このヒトに認めてもらえる日なんて、来ないかもしれない。

――それでも、ここで逃げたら、あたしは絶対に後悔する。

「ねぇ、待って……待ってってば！」

あたしはあなたに会いに来たんだ。言いたいことがたくさんあるんだ。

でも彼女は振り返らない、たった一人で、どこか遠く遠くに行って——

「——待ってよ、お母さん！」

自然と出たその言葉に、あのヒトの足が止まった。そしてぎこちなく振り返る。

「もっとあたしの話を聞いてよ！　簡単に分かったような顔しないでよ！」

「アヴィ……」

「あたしは弱い！　出来の悪い悪魔だよ！　だけど何も考えてないわけじゃない！」

アヴィ・アモンの取り柄は明るく元気なこと、周りの皆はそう言ってくれる。

だけどあたしにだって、暗い感情がないわけじゃないんだ。

悪魔の素質がない、剣術の才能がない、体格に恵まれない、要領もよくない——

時々、こんな自分に生きる価値があるのかって、すごく落ち込んだりもする。

「皆みたいに深い考えは持ってないかもしれない……それでも必死に考えてるんだよ」

周りに自分はどう見られてるのかって。あたしはどうしたらいいかって。

「本当は、もっと前に気づいてた、お母さんがただ厳しいヒトじゃないって」

将来を憂いて眷属《けんぞく》候補を連れてきた。特別試験では心配して乱入までしてきた。——最後には、この形見の剣だって贈ってくれた。

倒れたあたしに料理を作ってくれたのも、実際はお母さんなんでしょ。

冥界の食材が使われてたし……何より懐かしいあの味。絶花ちゃんが一人で作ったって話は無理があるよ。

「考えたから、お母さんだってたくさん考えているんだって、やっと気づけた」

「私は……私は……」

「簡単に分かったような顔しないでって言ったけど、お母さんのことを分かったフリしてたのはあたしも一緒だった。決めつけてちゃんと話そうとしなかった」

勝手に家を飛び出した自分、きっとたくさん苦労させたんだろうな。

「心配かけてごめんね。不安にさせてごめんね。ずっと守ってくれてありがとう。まだまだ迷惑をかけると思うけど――でもあたし、いつかお母さんを守れるぐらい強くなるよ」

だからあたしを置いて、今から死にに行くみたいな、そんな振る舞いしないで。

「全部終わったらいっぱい話そ。学園のこと部活のこと、伝えたいことが山ほどあるんだ」

「アヴィ……私は、あなたに冷たくあたって……一生嫌われても仕方ないのに……」

「な、泣かないでよ！　もう嫌いじゃないよ！　仲良くしたいよ！」

こんなに涙脆《もろ》いヒトだとは思わなかった。あたしは気恥ずかしさもあって頬が熱くなる。

「頼ってくれなんて大口はまだ叩けないけどさ、少しぐらいは信じてよ」

──だってあたしは、お母さんの娘なんだからさ。

「リルちゃん！　シュベちゃん！　周囲の小型魔獣は任せていいかな⁉」

「「もちろん！」」

ゆっくりと目前に迫ってくる豪獣鬼、その巨体を鋭く睨《にら》む。

「で、コイツとお母さんは、あたしに任せて！」

オカ剣メンバーがそれぞれの役割のため宙に飛び出し、自分は母の下へ。

豪獣鬼は、自身の進行方向に立っている、あたしたち親子に照準を定めたようだ。

その巨大な右手に、恐ろしいほどのオーラを集約させていく。

「……アヴィ！　……右手からレーザーが放たれます！」

その攻撃によって、アモン家の軍は半壊させられたと助言を受ける。

お母さんを連れて逃げても、攻撃は街を焼き、この先にいる人々を傷つけるだろう。

「…………来ますよ！」

豪獣鬼の右手から、視界を覆いつくほどの、禍々《まがまが》しいレーザーが放たれる。

「──魔力はイメージ──アモンは守護の一門──あたしの力なら──」

あたしは剣を地面に刺して、片足を開き、両手を前に突き出した。

身体にある魔力をありったけ込めて、迫る攻撃に対して特性を展開する。

「──才能を、過信しろ」

アモン家の代名詞である『盾』の力。

それは文字通り、強力なシールドを張り、敵の攻撃を防ぐ能力だ。

「あたしは、守りたい！」

そのイメージが完全な盾を作り出す。豪獣鬼《バンダースナッチ》のレーザーとの激突の時はすぐに訪れた。

「うぐ……！」

あまりの衝撃に思わず足が下がり、盾の一部がひび割れ、あたしの頬を掠めていく。

……お母さんは、こんな怪物と、一人で戦ってたの⁉

すさまじい威力に、盾が端々から砕け、じりじりと後退させられていく。

「アヴィ！　もう十分です！　逃げなさい！」

「……っ、嫌だ……お母さんは、あたしが守るんだ……！」

見捨てたりしない。必ず二人揃《そろ》って家へ帰るんだ。

「諦めなければ、可能性は無限大──っ！」

声を張り上げながら、気合いだけで踏ん張る。

絶対に、絶対に、絶対に！　ここから先には進ませない……っ！

「──それでこそ俺たちの妹だ」

久しぶりに聞く懐かしい声と共に、豪獣鬼の頭部で爆発が起こった。

その巨体から悲鳴のようなものが発せられ、煙を上げながら地面へ派手に転倒する。

「よく持ちこたえたな、アヴィ」

「ヴェ、ヴェル兄……!?」

豪獣鬼を転倒させたのは、あたしの兄のヴェルティア・アモンだった。

「……ようやく、来ましたか、遅すぎますよ……」

「申し訳ありません母上。手強《てごわ》い英雄と今の今までずっと戦っていましてね」

「……私の子供は、心配ばかり……させますね……」

お母さんは満身創痍《そうい》ながらも、驚きもせずに笑っていた。

「驚きませんよ……私の子供が、そう簡単に死ぬはずありませんから……」

保証なんかなくても、ヴェル兄が生きていると、最初から彼女は信じていたのだ。

すると喋《しゃべ》っている間に、豪獣鬼が再び立ち上がろうとして——今度は落雷が落ちる！

「——久方ぶりの家族の団欒《だんらん》だというのに、無粋な輩《やから》に邪魔されるのはね」

すると後方から新たな声が聞こえてきて……。

「イオ兄！」

「やぁアヴィ。見ない間に大人っぽくなったじゃないか」

二人目の兄であるイオラヴァ・アモンまで現れた。

「間に合ったかイオラヴァ。ヴァサーゴ領の方はいいのか？」

「兄さん、僕とフィアンセの愛の力を侮《あなど》らないでよ。といっても彼女の所の豪獣鬼を倒せたのは、アジュカ・ベルゼブブ様の対魔獣プログラムが間に合ったからだけど――」

イオ兄は、これがそのプログラムだと魔方陣の描かれたカードを見せる。

「ただし一回分しかない。どこも供給不足でね」

「ならば強力なアタッカーに託した方がいい。母上がその状態だと俺になるが」

「……私はまだ戦えます……ヴェルティアこそ……連戦明けなのでしょう……」

お母さんの言うとおり、ヴェル兄は余裕そうだけど消耗しているのは明らか。

イオ兄も婚約者の領土で戦ってきたばかりという状況である。

「――最強のアタッカーなら、いるよ」

あたしの言葉に、三人は目を見合わせた。

「その、まだこの場にはいないけど、でも絶対に来るって約束して……」

二人の兄は彼女を知らない。信じてもらおうと必死に説明しようとするが――

「では俺でなくその人物に任せようか」

「僕の持ってきたプログラムはどうする？　現れた時に渡したらいいのかい？」

「え、その、いいの……？」

「妹を信じない兄はいない」」

二人は躊躇《ためら》いなく頷《うなず》いた。あたしはどうしようもなく胸が熱くなる。

「っ！　ありがとうお兄ちゃんたち！　でも……それを直接渡してる暇はないみたい！」

豪獣鬼は傷を超速再生し、小型魔獣の防壁も張って立ち上がっている。

あの無尽蔵のエネルギー、圧倒的な回復力、悠長に待っていたら状況は悪くなるばかり。

「あたしの——この剣に、そのプログラムを入れて！」

そこで思いついたのは、お母さんの形見の剣に力を付与すること。

これを彼女が現れた瞬間に渡して、そのままあの巨体を真っ二つにすればいいのだ。

「……ごめんね、お母さん」

実母が遺《のこ》してくれた剣を見て小さく呟《つぶや》く。

あたし、覚悟決めたよ。

「次弾、来ますよ！」

お母さんの声で視線を移すと、豪獣鬼は既に両手をこちらに向けていた。

先ほどの片手での攻撃とは違い、両手を使ってあのレーザーを放とうというわけだ。

「いけるか、アヴィ？」

母を背にセンターに立つあたしに、右側に立ったヴェル兄が口角を上げる。

「無理をせず僕たちの後ろにいてもいいよ？」

左側に立ったイオ兄が、得意げに肩を竦《すく》めた。

「あたしはアモン家長女！　アヴィ・アモン！　こんなのへっちゃらだよ！」

豪獣鬼からさっきとは桁違いの極大レーザーが撃たれる。

「──アヴィ。幼い頃に俺たちが教えたことを覚えているか？」

あたしたちが構えて待つ中、ヴェル兄が唐突にそう告げた。

もちろん。忘れたことなんて一度もない。あたしの笑顔に二人の兄が笑う。

「一に元気だ──！」「二つは根気だね──！」「三つ目はやる気──ッッッ！」

それぞれが言葉に合わせて特性『盾』を発動する。

展開される三枚の盾は重なって、極大レーザーと衝突した。

……自分一人じゃ止められない……だけど家族が助け合えば……！

絶対に守る、あたしたちのその想《おも》いが一つになる。

魔力がそれに応じて、三枚の盾は融合、豪獣鬼をも凌《しの》ぐ巨大な盾に変化した。

「これが、あたしの家族の力だあああああああああああああ──！」

盾は完璧にレーザーを防ぎきる。偶然なんかでない確かな結果である。

しかし相殺《そうさい》された余波で、あたしの身体《からだ》が吹き飛ばされそうに――

「……兄妹《きょうだい》の絆《きずな》、見事でしたよ……」

背を支えてくれたのはお母さんで、優しい微笑《ほほえ》みで包み込んでくれる。

ふと頭上を見上げると、突如そこには空を覆うほどの巨大魔方陣が出現した。

「あれはルシファー様の紋章……攻撃でなく転移目的のようですが……」

あたしは、そういうことかと気づいて、地面に刺していた形見の剣を抜く。

まさか空から来るなんて予想外だけど、それも彼女らしいといえば彼女らしい。

三人が困惑する中、あたしはこれが彼女に届くようにと、残された魔力に集中する。

「あれは――ヒトか？」

ヴェル兄が魔方陣から姿を現した彼女を見て告げる。

「サムライだよ。そしてあたしの大切な友達」

あたしは上空へと剣を届けるべく、投擲《とうてき》の姿勢になりながら過去を思い出す。

懐《なつ》かしい最初に出会った日のこと、そしてあの時に叫んだ言葉をもう一度。

「――遅刻だよ！　絶花《ぜっか》ちゃん！」

Life.∞《インフィニティ》 vs Power.∞ 約束、果たしに来ました！

銀色の魔方陣を通じて、人間界から冥界へ転移する。

目を開けて飛び込んできたのは、やや紫がかった空と……謎の浮遊感⁉

「わ、私、空から落ちてる――⁉」

地上へ眼《め》をやると、緑豊かな広大な大地と、小さくなった街並み。

そして――超巨大なモンスターの姿を確認する。

「宮本《みやもと》！　あれが豪獣鬼だ！」

耳をつんざく風切り音、それに負けじと傍《そば》にいるエルターくんが声を張る。

「………なんて禍々しい」

以前リルベットと戦う前に、旧魔王派の男が似た生物を使役していた。

あれも厄介だったが、豪獣鬼はそれと比較できないほどの邪悪さを感じる。

「っ！　地上から何か来るぞ！」

ぐんぐんと落下速度を高めていく中、エルターくんの言うとおり眼下で何かが光った。

近づいてくるそれは――……剣？

「もし攻撃なら——」

「違います！　あれは……あれは部長の剣です！」

次第にその輪郭が見えて、剣の正体が部長のお母さんの形見だと視認する。

「でもこれって……」

忘れてはいけないのが、私の力に並の剣は耐えられないのである。

送られてくる形見の剣は優れた剣だが、エクス・デュランダルのように頑丈ではない。

全力を込めれば、間違いなく砕け散るだろう。

技を放てたとしても一撃だけで、豪獣鬼を倒すことができても——

「それでも使え、ってことですね……！」

シエストさんは、部長がお母さんの影を追い続けていると言っていた。

しかし彼女の中に、何か変化が、成長があったのだろう。

形見を失ってもいい、部長はそう決断して剣を私に託そうとしている。

「その想いには、応えなきゃいけない！」

段々と接近する剣、必ず捕まえると身構える。

しかし自然に闘気を纏《まと》ってしまったのが失敗だった。

地上にいる豪獣鬼は、天上の私に気づき、撃退しようと小型魔獣を仕向けてきたのだ。

「すごい数だ！　今の状態のボクだけでどこまで対処できるか……！」

私の力を温存させるためか、エルターくんがやや前に出て迎撃の態勢。

しかしこちらの不安を晴らすように、龍の咆哮《ほうこう》にも似た彼女の声が冥界に響く。

「――滅殺！　邪龍眼流・聖十字裂覇《ダーク・ドラゴニック・セイント・クロスファイア》！」

眼下に描かれる蒼炎《そうえん》の十字。こちらに向かっていた小型魔獣が一斉に焼き斬られる。

リルベット……これまでと段違いの威力。自己研鑽《けんさん》に誰より努めていたのは彼女だ。

「っ！　今度は豪獣鬼《バンダースナッチ》本体からの攻撃か！」

巨体が私たちに対して手を伸ばそうとする。

しかし大量の魔方陣が展開され、途中でその動きを阻害してしまう。

魔方陣は砕かれても砕かれても現れ続け、粘り強く時間を稼ごうとしていた。

シュベルトさん……めちゃくちゃ根性あるじゃないですか！

「ボクは、あの二人に謝らないといけないね」

かつてエルターくんは彼女たちにマイナス点をつけた。

それで反感を買って、密《ひそ》かにEMO作戦なんてものを練ったりしたのである。

でもこれで視界は晴れた。あとは部長の投擲を受け止め……。

「剣が、逸《そ》れる――!?」

しかし肝心の部長の剣、それが私から大きく外れた位置に向かい始める。

これだけの大距離遠投だ。正確に目標へ必中させろという方が無理があるだろう。

「ここまでオカ剣がやったんだ――ボクだって――！」

エルターくんが翼を広げ剣を掴《つか》もうと試みる。だが速度的に間に合わないと見るや、僅かしかない魔力を、全て加速と方向転換につぎ込んで……剣を掴み取った！

「宮本――っ！」

彼女は私の名を叫びながら、その剣を勢いよく投げる。

「ボクから奪ったおっぱい、無駄にするなよ……！」

もともと限界を迎えていた身体だ。檄《げき》を飛ばした彼女はもう翼で飛べない。ましてや魔力も完全に尽きた今、このまま行けば地面に激突、悪魔といえど死は免《まぬが》れない――が、そこは私の仲間がなんとかしてくれるだろう。

ゆえに私がいま成すべきことは一つだけ。

「確かに、受け取りました」

右手に天聖、左手に部長の剣、私が二刀流として完成する。

「天聖、やるよ！」

『応とも、ここで決めなくて剣士は名乗れまい！』

二つの刀を大きく構えてから、私と天聖の声がシンクロする。
「『限定禁手化《リミテッド・バランスブレイク》！』」
私のおっぱいが光り輝き、生じた紅花が落下に合わせて空に舞っていく。
「神器《セイクリッド・ギア》展開！」
『Genesis Sword <Satanachia>《ジェネシス・ソード・サタナキア》!!』
おっぱいに蓄積されたエルターくんの魔力を、刀身にありったけ装填する。
しかし大技を出せるのは一度だけ。もしもこれを仕損じれば――いいや違う。
「もしもなんて要らない！　私の武士道は絶対で最強なんだッ！」
剣術だけが自分の唯一誇れるものだ。
だから誰にも負けない。
神も魔王も英雄も、我が道を阻《はば》むものあれば、その全てを斬って征《ゆ》くまで！
『――剣士の本懐は、闘争にこそあり』
そんな私の闘志を肯定するように、胸の奥からそんな声がした。
『――終わらせなさい』
おっぱいから漆黒の花弁が解き放たれる。
交ざり合う紅と黒、湧き上がる力を刀を乗せ、私と豪獣鬼の視線がかち合う。

「二天一流、奥義《おうぎ》一番、改——！」

見せつけろ、これが私の武士道だ。

「——百花繚乱《ひゃっかりょうらん》・終《つい》の華！」

—○●○—

両断される豪獣鬼の身体。私は勢いそのままに地面に着地した。

土埃《つちぼこり》と共に刃についた血べにを払い、左右に分かれて倒れゆく巨体を見届けて。

「……ありがとうございました」

そして左手に持った剣にお礼を告げた。

私に握られて痛くなかったか、私に使われて嫌でなかったか。

剣から返ってきた言葉は一つだけ。

——アヴィのこと、よろしくね。

もう心残りはないと剣が砕けた。破片が花にまぎれて空へと散っていく。

「絶花ちゃあああああああああああああん！」

感傷に浸る間もなく、部長がものすごいスピードで走ってくる。

その後ろにはエルターくんを二人で担《かつ》ぐ、リルベットとシュベルトさんもいて……。

「「あ痛⁉」」

よそ見をしたところ、勢い余った部長と額同士をぶつけてしまう。

なんとか抱き留めたが、私は部長にほぼ押し倒された形である。

「いたたー！　絶花ちゃん大丈夫⁉」

「だ、ダイヤモンド頭なので……」

「あはは！　そう言えばそうだったね！」

数時間ぶりに会ったのに、部長の顔はどこか凛々《りり》しくなっていた。

きっと、私の頭なんかよりもずっと強く、シエストさんとぶつかれたんだ。

「私、部長の剣を、壊してしまいました」

「いいんだ。もうお別れはしたからね」

「部長は、部長の道を行くんですね」

「あったりまえじゃん！　知らないようならもう一度名乗ってあげよう！」

彼女は太陽にも負けないぐらい、満開の笑顔をして宣言する。

「あたしはアヴィ・アモン！　いつか最高最強になる上級悪魔だよ！」

mother×mother.

「この子の名前はアヴィ。シエストも抱っこしてあげて」

「あ、アウラ、私は赤子……それも女の子など…………に、苦手です」

「苦手ぇ？　生まれた時には一番喜んでたって聞いたけどなぁ？」

「そ、それは……分かりました……でも泣くようならすぐにお返ししますからね」

「相変わらず心配性だね。大丈夫だよ。優しく抱えて――――ほら、笑ってる」

「っ、ふ、ふふ、小さいですね。あなたとそっくりで……とても愛らしいです」

「そりゃあたしの娘だもん。というかシエストにすごい懐《なつ》いてるなぁ」

「それは嬉《うれ》しいですが、こら私の顔で遊んでは……アウラ、なんとかしてください！」

「あはは。要安静だから助けられないかもー」

「こういう時だけ都合よく……アヴィはこんなお転婆になってはいけませんよ」

「ひっどーい。でもシエストが面倒見てくれるなら、立派な子に育つだろうね」

「育てるのはあなたでしょう？」

「うん。だけどあたしの身体《からだ》がいつまで持つか。たぶん長く一緒にはいられないからさ」

「……冗談でも、そんなことは言わないでください」

「真剣だから言うんだよ。ま、この子が大人になるまでは死んでも生きてやるけど！」

「それだと途中で死んでいるじゃないですか……」

「矛盾だよね。でもあたしに何かあったら、シエストにアヴィを見守ってほしいんだ」

「……母親の代わりになれと？」

「代わりじゃなくて、できれば本当のお母さんになってあげてほしいかな」

「無理です。私はあなたのように優しくない。母親らしいことは何もできません」

「特に料理のできなさは冥界一だもんね」

「そうそう……って、失礼ですね！　アヴィ！　あなたの母はひどいヒトですよ！」

「あ。アヴィも笑ってるよ！　あたしと一緒でシエストのことが大好きだもんね～？」

「この親子は……しかし親友の頼みは無下にできません。見守ると約束しましょう」

「ありがとうシエスト」

「べ、別に、礼は不要です。ただし面倒は見られても母親にはなれませんからね」

「ツンデレってるなぁ。シエストはこの子にお母さんって呼ばれたくない？」

「……そ、それは……娘ができて……そう呼んでもらえたら、嬉しいですけど……」

「ならきっと仲良くなれるよ。あたしは信じてる――未来の可能性は無限大だってね」

Last kiss.

「――まったく、キミたちといると本当に退屈しないね」

担がれていたエルターくんはなんとか自力で立って、参ったとばかりに笑った。

冥界の空の下、彼女はぐるりとオカ剣メンバーを見回して口を開く。

「リルベット・D・リュネールさん」

「なんでしょうエルター・プルスラス」

「キミの技名を冗長で美しくないと言ったことを謝罪する。見事な一撃だったよ。とてもかっこよかった。ボクたちの道を切り開いてくれて――本当に、ありがとう」

「礼には及びません。騎士として当然のことをしたまでです」

リルベットは余裕ぶってるけど、褒められて明らかに鼻高々といった様子だ。

「そしてシュベルトライテさん。キミを根性のない形だけ優等生と言ってすまなかった」

「あ、改めて言われると、僕ってとんでもなく馬鹿にされてますね……」

「もう馬鹿にしないさ。むしろキミは辛抱強く時間を稼いでくれた。その勇気と忍耐力には賞賛するしかない。ボクたちを助けてくれて――だから、ありがとう」

「ま、まぁ？　感謝の気持ちがあるなら受け取ってあげるっすよ？　色々言われてイラッとしたし、僕っ子かぶりもしてましたけど……ま、もうどーでもいいっすね！　はい！」

おそらくエルターくんに最も反発していたのは彼女だった。

しかし素直に謝罪と感謝をされたことで、わだかまりは解決したと見える。

「お嬢様――いえ、アヴィ・アモンさん」

もう実力試験は終了している。今や彼女を主人と呼ぶことはできない。

「あなたには、たくさんの苦労と迷惑をおかけしました。執事でありながらそれらしいことは全然できなかった……申し訳ありませんでした」

「なに言ってるのさ！　エルにはすごく助けられた！　最高の執事だったよ！」

上級悪魔はどうあるべきか。日常生活から貴族としての振る舞い方まで――エルターくんの徹底審査により、部長は悪魔としても一皮剝《む》けられたことに感謝をしていた。

「お嬢さ……あ、アモンさん……その……」

「アヴィでいいよ！」

「……で、では、アヴィ」

彼女は覚悟を決めて、部長を一点に見つめた。

「ボクは――エルター・サタナキアは、これまで偽ってきたこと、組織に従って犯してきたこと、それらを清算していきます。それにはとても長い時間がかかるかもしれない」

それでも、と彼女は続ける。

「自分の足で堂々と外を歩いていける、そんな悪魔になります」

サタナキアの名に、部長は一瞬だけ驚いたものの、すぐにいつもの笑顔をして。

「うん！　きっとエルならなれるよ！」

「はい。そ、それで、もしボクが立派な悪魔になれて、アヴィに認めてもらえたら……」

しかし、その先がなかなか進まない。

「——あたしが一人前になったら、眷属《けんぞく》になってくれるヒトを探そうと思うんだ」

それをくみ取ったのは部長で、あくまで当分先のことだとはしつつ。

「あたしはできないことばっかりだからさ。だから執事みたいに周りのことが見えて、ズバッと言ってくれるヒトが、眷属として傍《そば》にいてくれたらなって思ってる」

「アヴィ……」

「いつかエルがあたしの女王《クイーン》になってくれたら、こんなに嬉しいことはないね！」

部長はニカッと明るい表情をして、右手を差し出した。

「お互い頑張ろう！　そして強くなってまた会おう！」

「……はいっ」

エルターくんはその手を、しっかりと握り返して頷《うなず》いた。

それから最後にと、彼女は私の方に向き直る。

「正直、今さらキミに何を言えばいいんだろうと迷った」

「あはは……さっき散々戦ったばかりですもんね」

感謝をするのも、謝罪をするのも、校舎屋上でもう交わしている。

「ここでボクがするべきは、これぐらいかな――」

彼女はすっとこちらに近づくと、私の頰にキスをした。

「キ⁉ な、なな……なんですか……⁉」

「っふふ、ただの挨拶さ、親しい者同士なら至って当たり前のね」

そ、そりゃ、人間界でも、欧米とかでは実際にするかもですけど……！

「また会おう、宮本《みやもと》」

さよならとは言わない。

これは再会の約束なのだと、彼女は満足そうだった。

「またね、エルターくん」

挨拶《キス》されたぐらいで照れてばかりもいられない。

私は気持ちを切りかえ、同じように約束をして――

「ほうほうほう！　絶花《ぜっか》はヨーロッパ流の挨拶もいける！　平然と受け入れると！」

しかし一連の光景を見ていたリルベットが、なぜか嫉妬に燃えた様子で震えている。

というか実際に蒼《あお》い炎が背後から出ていて……。

「ならばフランス出身のわたしもしましょう！　さぁ大人しく頬を差し出しなさい！」

「いや、あの、リルベット、あまりに眼《め》が怖すぎるというか……」

「問答無用！　我が炎に焼かれたくなければ受け入れることです！」

なぜかいつもの負けず嫌いが発動、リルベットが勢いよく飛びかかってきた。

私は普段自分がそうされるように、思わずシュベルトさんを盾にしてしまって。

「ぎゃー！　なんで僕にチューするんすか！　宮本さんはあっち！」

「ん？　なぜシュベルトライテが……あなたもわたしの友愛を受けたいわけですか？」

「むっかー！　そのやれやれみたいな顔うざいっす！　この負けん気粘着質ドラゴン！」

「ね、粘着ドラゴン……不名誉だ！　わたしは最高の騎士！　今すぐに訂正しなさい！」

二人の口論が勃発し、挙げ句の果てにドカドカと激しいもみ合いを始めてしまう。

「やれやれ。せっかく見直したんだけどな」

「絶花ちゃんが拒否ったりするからだよー？」

「拒否する気はなかったんですが……襲われると反射的に避けてしまうので……」

部長もエルターくんも肩を竦《すく》めるしかないようだ。

「でもリルちゃんの気持ちも分かるよ。頬にとはいえ、気になる子に男子がキスを――」

「ボクは女です」

突然のカミングアウトに場が凍る。喧嘩《けんか》していた二人もこちらを向き呆然《ぼうぜん》としている。

「で、できれば、宮本とだけの秘密にしたかったけど……あんなこともあったし……」

ここまで来たら全部告白、その心意気は買うけど、私へのその妙に熱い視線は何!?

しかもあんなことって、そんないかがわしい言い方……いやおっぱいは揉《も》んだけどさ！

「絶花ちゃん、エルとやけに仲が良《い》いと思ったら――」

「宮本さぁん、色々と聞きたいことがあるんすけどぉ――！」

「絶花ッ、わたしが研鑽《けんさん》に励んでいる間にあなたは何をッ――！」

仲間に隠し事とは何事かと、三人は息ぴったりでグイグイと詰め寄ってくる。

そのままもみくちゃにされ……エ、エルターくん、見てないで何とかしてください！

「ふふ。オカ剣はこういう部なんだろう？」

慌ただしくて、騒がしくて、大変なことも多くて、でも楽しくて仕方ない。

良かった。

私はこれから、皆ともっともっと楽しい青春を謳歌《おうか》できるみたいだ。

New Life.

先日の冥界での戦い——通称『魔獣騒動』は現冥界政府の勝利で幕を下ろした。

ゼノヴィア先輩の予見通り、赤龍帝《せきりゅうてい》は奇跡の復活を遂げ、例の超獣鬼《ジャバウォック》を倒したのだ。

更に彼は、この騒動を仕掛けた英雄派の首魁《しゅかい》、曹操《そうそう》をも討ったというのだから驚く。

「先輩の話だと、曹操の仲間だった、他の神滅具使い《ロンギヌス》も撃退したって話だけど……」

英雄派の残党はいるらしいが、これでほぼ脅威はなくなったと考えていいのか——

「大帝」

ミケランジェロが語ったその存在を思い出す。彼女も武松《ぶしょう》も曹操には従わず、大帝と呼ばれる人物にだけ従っているようだった——だとすれば、英雄派はまだ終わっていない。

「……大帝がその残党を率いる……可能性はあるけど……まずどんなヒトなのか……」

『おっぱいが大きい女人だと最高だな』

そうだねー。天聖はおっぱいがあれば何でもいいもんねー。

「ところでさ、豪獣鬼《バンダースナッチ》を倒した時、漆黒の花が——」

『絶花。もうすぐ学園に着くぞ。よってオレは目立たぬよう眠る。それではおやすみだ』

……まったく。勝手に出てきたくせに、都合が悪いとすぐ引っ込むんだから。

「——自分のおっぱいと喋《しゃべ》りながら登校とは、やっぱりキミは変なヤツだね」

校門をすぎてすぐ、誰かを待っていたらしいヒトから声を掛けられ——

「え……エルターくん⁉」

「やぁ。久しぶりだね」

そこには女子の制服——スカートを穿《は》いた美少女がいた。

「え？　え⁉　なんでここにいるんですか⁉」

「なんでって、今日からボクは、女子生徒として駒王学園《くおうがくえん》に編入するからだよ」

「ええええええええええええええええええええええええ」

魔獣騒動からまだ一週間と少し、ようやく学園の中間試験も終わったところだ。

「さ、最後、これから何年も会えないような、そんな口ぶりだったじゃないですか！」

「ボクもそう覚悟してたんだけどね……って、なんだい、ボクとの再会が嫌なのかい？」

ぷくーっと頬を膨らまし、恨めしそうにジト目を送ってくる。

「す、すっごく嬉《うれ》しいですよ！　でもグレイフィアさんに身柄を拘束されたから……」

「されてたよ。そこで取り調べも受けてきた。ボクが知り得るサタナキア家のことを全部喋ってきたさ——裏工作や裏帳簿まで公にしたんだ、あの家は今頃てんやわんやだよ」

現冥界政府は、今回のクーデターに加担した旧魔王派を裁きつつ、別件として長年暗躍していたサタナキア家への追及も密かに始めているという。

しかし身内を裏切ったエルターくんは、家の刺客に命を狙われることになってしまって。

「魔王サーゼクス・ルシファー様はそんなボクの身を憂いて、学園に入れてくれたんだ」

一緒に校舎を目指して歩きながら、彼女は事の経緯を教えてくれた。

「ここは三大勢力の最重要拠点。刺客からはむしろ一番狙われにくい場所なんだよ」

彼女はまだ若い。学園で更生をさせることも編入目的の一つなのかもしれない。

実際エルターくんは、自分の全てが許されたわけではないと続けて述べる。

「魔王様から奉仕活動を命じられている。最近、はぐれの魔法使いたちが妙な動きを見せているって噂《うわさ》もあるし——今度のボクの仕事は、学園や駒王町を護衛することだよ」

元英雄派のリルベットも司法取引をして学園にいる。エルターくんの場合は、情報提供に加え、魔王直下の守衛として仕事を果たすことにあるのだ。

「ボクはエルター・サタナキア。魔王たるルシファー様を裏切ることはしない」

だから改めてよろしくね、と彼女はウインクした。

「こちらこそよろしくお願いします。その、ちなみに部活とかは？」

「手芸部に入ろうと思ってる。本当はオカ剣に入るのが筋なのかもしれないけど……」

自分の好きなことをやってみたいんだと、彼女は義理堅く頭を下げてきた。

「い、いいと思います！　私は全力で応援します！」

きっとオカ剣メンバーも同じ気持ちになってくれるはずだ。

「あ、それからだ。昨日バストサイズを測ってみたら一センチ大きくなってたよ」

「え⁉　本当ですか⁉　それは……良かったですね！」

「うん。キミのお陰だ。そ、そこでだ、も、もし嫌でなければまた揉んでほし――」

とんでもないことを言いだしそうなエルターくん。

しかし私にここで救いの糸――もとい、我らが部長が大声を上げながら駆けてくる。

「待ちなさいアヴィ！　まだ校門で一緒に記念写真を撮ってませんよ！」

「一体何枚撮るのさ！　娘を遅刻させる気⁉　あと恥ずかしいから付いてこないで！」

「恥ずかしい⁉　反抗期ですか⁉　母は悲しいです！」

「お節介すぎるんだよ！　昨日も部屋に泊まるのはいいけど生活態度がどうって――」

私とエルターくんは、こちらに走って来る部長とシエストさんを見つけた。

喧嘩……しているように見えるけど、あれは信頼の上に成り立つものだと分かる。

「な、なぜシエスト様がここにいるんだい？　アモン領も復興の最中だろう？」

魔獣騒動を経て、冥界は若手を中心に奔走、あの被災から立ち直ろうとしている。

「シエストさん、この日だけはって、頑張ってスケジュールを合わせたんです」

「この日？　なにか特別なことでもあるのかい？」

私は仲良しなその親子を見ながら。

「今日は中等部の授業参観の日なんですよ」

「授業、参観……確か保護者が見学に来るという行事だったね」

ただこんな早朝から来るような親は珍しい。よほど我が子のことが好きなのだ。

「ちなみに部長の話だと、今回はシエストさんだけじゃなくて、お父さんと二人のお兄さん、それからペットのワンちゃん……家族全員で見学に来るそうです」

「ふふ。大変だねアヴィは」

すると部長が私とエルターくんを見つけて、魂の叫びと共に向かってくる。

「助けてぇぇぇ！　アモン家にはうんざりだよぉぉぉぉぉぉぉぉぉぉぉぉぉ！」

願わくは、彼女がずっと幸せでありますように。

そして私たちの青春が、もっともっともっと、楽しいものでありますように——

あとがき（東雲立風《しののめりっぷう》）

――おっぱいの可能性は無限大！


いきなりそう叫んでも許される、いえ歓迎されるのが「D×D《ディーディー》」です（たぶん）！

改めまして、ご無沙汰しております。東雲《しののめ》です。

第二巻『授業参観のアモン』は、アヴィについての御家騒動《おいえそうどう》から始まりました。

新ヒロインの執事エルターを交え、元気と根気とやる気とおっぱいで、オカ剣は様々な困難を乗り越えていきます。


しかし絶花《ぜっか》たちはまだ中学生、当然たくさん失敗や挫折をします。

そんな時に導いてくれるのが、先輩や先生という存在です。

今回も原作「D×D」シリーズから、多くの先達が彼女たちを助けてくれました。

その恩に報いるにはどうすればいいのか、僕も絶花と一緒に考えていきます。

ちなみに「JD×D」一巻と同様、この二巻も原作シリーズの設定をいくつも組み込んでいます。一人でも多くの読者に楽しんでいただくため、基本的には単行本やアニメから設定を持ってきていますが、例外もありますので今回は二つほどご紹介します。

・アモン家について

「魔ッド・ティーパーティーします」（『ドラゴンマガジン』二〇一二年一一月号付録①）

・ルシファー忠臣六家と「悪の爪《マレブランケ》」について

「ハイスクールD×D　0」（『ハイスクールD×D HERO』BD&DVD特典小説）

二〇二四年一〇月現在、どちらの話も単行本や映像にはまだなっておりません。

よって「JD×D」では、その話の触り程度を、本編に組み込むに止《とど》めています。

一人の「D×D」ファンとしては、今ご紹介したものが、いつか単行本に収録されたらなと切望しており……ファンタジア文庫編集部様！　よろしくお願いいたします！

それから、本シリーズに関してのご報告も一点。

この度ドラゴンエイジ様にて、コミカライズが決定しました！

続報については「D×D」の公式X（@hdd_anime）を中心に発表されていくと思います。公式Xでは「JD×D」の特別短編なども掲載していますので是非ご覧ください。


では最後に謝辞を。

石踏《いしぶみ》先生、丁寧な監修をしてくださりありがとうございます。アイディアをもらう度に感謝と感動を強く抱きつつ、作家としても大きな勉強をさせていただいております！

みやま先生、エッチで可愛《かわい》いイラストをありがとうございます。また先生からいただく原稿への感想も大好きです。無自覚なボケにも容赦ないツッコミを入れてくれます！

担当してくださった編集T氏と編集M氏、一巻に引き続き大変お世話になりました。いつも〆切りがギリギリになってしまい申し訳ありません！

他にも多くの関係者の皆様、無事に刊行ができました、本当にありがとうございます！

おっぱいの可能性は無限大。これからの絶花とおっぱいの物語にご期待ください。

二〇二四年一〇月吉日　東雲立風

あとがき（石踏一榮《いしぶみいちえい》）

お久しぶりです。石踏一榮です。

ジュニアハイスクールD×Dの第2巻は、いかがでしたでしょうか？　今回も監修等を担当させていただきました。

D×Dも16年続くシリーズということで、ひとつの事柄についての設定確認や監修をするにも、ものによっては過去の既刊のとある一行ないし一文の記述を探したり、記憶の奥底にあるものを思いだしたり――と、言い過ぎかもしれませんが、歴史の史料と照らし合わせてチェックしているような感覚を覚えつつ、私と担当氏とで何度もやり取りをしながらも原作者としてのスピンオフでの役割をやらせていただいております。

その監修のもとで、著者の東雲《しののめ》さんが書き進めてもらっておりますが、毎回予想以上に内容で応えてくださるので、心強く思っております。

それと同時に第三者視点として、いち作品「ハイスクールD×D」を視《み》るという体験もできており、私としてもD×Dの意外な側面の発見をさせてもらっております。それは本当にとても貴重な機会だなと思うしだいです。

本編のことですが、ライ……いやいや、炎帝フェネクスの登場と、物語での活躍が、原作者から見ても見事な使い方だったなと思いました。東雲さん、ありがとうございます。こんなにもカッコイイのに、初稿ではいなかったという！　なので、二稿めで登場となり、驚きながらも東雲さんの追加修正能力に、日々成長していく若手作家さんのパワーを感じてなりません。そう、D×Dって美女、美少女と共に野郎も魅力的にしていく物語ですからね。

ここで謝辞をば。この2巻の刊行に関しまして、著者の東雲さまをはじめ、みやま零《ぜろ》さま、担当編集さま、お力添えをありがとうございます。私も無事監修できました。

中学生という高校生以上に青く、甘酸《あまず》っぱく、未成熟な主人公たちの成長青春バトルファンタジーですが、読者の皆さま、引き続き応援のほど、よろしくお願い致します。

富士見ファンタジア文庫

ジュニアハイスクールD×D 2
授業参観《じゅぎょうさんかん》のアモン
令和6年11月20日　初版発行

著者――東雲立風《しののめりっぷう》
原案・監修――石踏一榮《いしぶみいちえい》

発行者――山下直久
発　行――株式会社KADOKAWA
〒102-8177
東京都千代田区富士見2-13-3
0570-002-301（ナビダイヤル）
印刷所――株式会社暁印刷
製本所――本間製本株式会社

ISBN978-4-04-075666-0 C0193 ◇◇◇

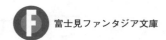

可愛い×2のハートフ
可愛がってね!
アライブ+
で
コミカライズ
!

ファンタジア文庫
帰ってきた!
感動のクライマックスから約20年後――
高校生だった相良宗介と千鳥かなめは、
今や立派な大人に、そして……
愛するふたりの子どもを育てる、
仲睦まじい家族に……!?
相良家の刺激に満ちた日常を描く、
「フルメタ」新シリーズ、開幕!

シリーズ累計1,150万部突破！
※文庫＋コミックス
（ともに電子版を含む）
シリーズ好評発売中！
「フルメタ」が
フルメタル・パニック！
FULL METAL PANIC!
Family ファミリー
賀東招二 ill. 四季童子
SHOUJI GATOU SHIKIDOUJI

天上優夜《てんじょうゆうや》
異世界で
レベルアップした結果、
最強の身体能力を
手に入れた少年
この少年
すべてが
シリーズ好評発売中！

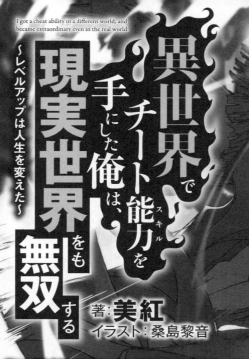

切り拓け！キミだけの王道
ファンタジア大賞
原稿募集中！
賞金
《大賞》300万円
《金賞》50万円
《銀賞》30万円
選考委員
細音啓「キミと僕の最後の戦場、あるいは世界が始まる聖戦」
橘公司「デート・ア・ライブ」
羊太郎「ロクでなし魔術講師と禁忌教典《アカシックレコード》」
ファンタジア文庫編集長
前期締切 8月末日
後期締切 2月末日
公式サイトはこちら！ https://www.fantasiataisho.com/
イラスト／つなこ、猫鍋蒼、三嶋くろね

このまま純潔を散らすぐらいなら

さ、私がお相手して
あげ……ますわ？
（うう……朱乃先
着てマ
私がやる

輩からもらった巫女服、
ネしてみたけど……
とめちゃくちゃ恥ずかしい!!)

……
くっ、殺せ!
煮るなり焼くなり
好きにしろ!